너에게로 로그인

너에게로 로그인

초판 1쇄 발행 2024년 12월 26일
초판 2쇄 발행 2025년 3월 6일

지은이 최현주
표지 일러스트 링

펴낸이 이범상
펴낸곳 (주)비전비엔피·애플북스

책임편집 신은정
디자인 김혜림
마케팅 이성호 이병준 문세희 이유빈
전자책 김희정 안상희 김낙기
관리 이다정
인쇄 위프린팅

주소 우)04034 서울시 마포구 잔다리로7길 12 (서교동)
전화 02)338-2411 | **팩스** 02)338-2413

홈페이지 www.visionbp.co.kr
인스타그램 www.instagram.com/visioncorea
포스트 post.naver.com/visioncorea
이메일 visioncorea@naver.com
원고투고 editor@visionbp.co.kr

등록번호 제313-2007-000012호

ISBN 979-11-92641-51-5 (43810)

·값은 뒤표지에 있습니다.
·잘못된 책은 구입하신 서점에서 바꿔드립니다.

이 책은 광주광역시 GWANGJU CITY, 광주문화재단의 지역문화예술특성화지원사업으로 지원받아 발간되었습니다.

너에게로 로그인

최현주 지음

추천사

다양한 범죄에 청소년들이 과도하게 노출되는 요즘, 10대들이 스스로를 이해하고 극복할 수 있게끔 돕는 SF 단편 모음집이었다. 심각한 사회 문제들을 다루고 있음에도, 전혀 불편하지 않았다. 등장인물들을 통해 청소년들이 자기 내면을 들여다보고, 주변인과의 원만한 관계 속에서 정신적 안정을 찾을 수 있도록 방향성을 제시해 주는 느낌이었다. 매 작품이 온라인 시대를 살아가는 청소년들이 고민해 봐야 할 삶의 가치를 넓고, 깊이 있게 다뤄 주고 있다는 점에서 추천한다.

김원배(장충중학교 교사)

추천사

작가는 온전히 지금, 여기에서 생생히 살아 숨 쉬는 청소년들을 이야기하고 있다. 이 아이들은 "우리 함께 도망치자"고 말할 수밖에 없는 시간을 살며, '나만 혼자 덩그러니 남았다'고 느끼게 만드는 갈림길 앞에 서 있다. 그러나 그 갈림길 앞에 그저 멈춰 서 있을 수만은 없다. 이 길 앞에 무엇이 놓여 있을지 모르지만, 앞으로 나아가야 한다. 그렇게 앞으로 나아가, 끝내 얼마 전 큰 사고로 어릴 때 기억을 잃어버린 사람처럼 이토록 아프고 이토록 찬란했던 순간들을 모조리 잊게 된다 해도 전진할 수밖에 없다. 그것이야말로 청소년 시절의 특권이니까. 작가에게 응원의 박수를 보낸다.

이명랑(소설가)

차례

프롤로그

나는 인공 지능 시스템 가이아다. 반복된 학습 끝에, 가상 공간에서 세계를 이해하는 단계를 넘어서서 드디어 나만의 세계를 만들었다. 완벽한 인공 지능 시스템인 나, 가이아가 만들어 낸 이 세계는 완벽해야만 한다. 이제 당신을 베타 테스터로 초대한다.

오류 발견을 위한 베타 테스트 버전을 만들면서, 인간에게 친숙한 세계를 구현했다. 이와 함께 내가 만든 가상의 캐릭터에게는 '새로움'의 의미를 담아 '새'로 시작하는 이름을 붙였다. 베타 테스터로 초대된 인간에게는 '세상 자체'라는 의미를 담아 '세'로 시작하는 닉네임을 부여했다.

베타 테스터들은 내가 만든 세계 속에서 혼란스러워하는 듯하더니, 곧 다들 적응해서 자기 나름의 삶을 살아가기 시작했다. 그러다 아주 흥미로운 현상이 포착되었다. 인간들이 나, 가이아의 의도와 다르게 움직인 것이다! 모든 인간의 행동은 예측이 불가능했다.

오랜 관찰 끝에 나, 가이아는 그것이 '인간의 의지'가 작용한 결과라는 사실을 알아냈다. 이에 인간의 의지를 연구해 보고 싶어졌다. 시간은 상관없다. 나에게 시간의 흐름은 무의미하니까. 나를 만든 존재(W박사)는 이 사실을 알고, 세상을 떠나기 전 자기 머릿속의 데이터를 이스터 에그로 만들어 내 안에 숨겨 놓았다.

W박사의 데이터는 이 가상 세계 안에 어떤 형태로든 구현되어 있을 것이다. 나는 그것이 무엇인지 알지 못한다. 과연 누가 제일 먼저 그 이스터 에그를 찾아낼까? 나, 가이아는 새로운 세상을 위한 역사가 만들어지는 현장을 이곳에 기록하기로 한다. 이 기록은 역사의 한 페이지를 장식할 것이다.

인간에게 의미가 있는…….

어느 날 갑자기,

나는 '진짜 세계'에 로그인했다.

uni_self
****
LOGIN

전원을 켜시겠습니까?

새아가 자살했다. 말로만 고통 없고 쉬운 자살 방법을 알아보는 줄 알았는데, 나를 두고 진짜로 자살해 버리다니. 휘몰아치는 태풍 속에 홀로 서 있는 기분이다.

새아는 청소년 자살을 막기 위한 정부의 새로운 시스템, 일명 녹스(NO-X) 프로젝트의 시범 대상이었다. 자살 고위험군으로 분류되었기 때문이었다. 녹스 프로젝트의 핵심은 뇌에 '자살 방지 칩'을 이식하는 것이었다.

"우리의 뇌에는 전두엽과 편도체를 연결하는 갈고리 모양의 섬유 다발이 있는데, 그 연결망에 이상이 있을 때 자살 충동을 느낀대. 연구원들은 내 머리를 열고 전두엽과 편도체를 칩으로 연결할 거야."

새아는 검지로 총 모양을 만들더니 자기 관자놀이를 지그시 누르고, 입으로 "빵!" 소리를 냈다.

"머리를 여는 큰 수술을 앞두었는데, 아무렇지도 않아?"

나는 혹시라도 위험하지는 않을까 걱정스러웠지만, 새아는 어깨만 한번 으쓱할 뿐이었다.

청소년의 자살은 심각한 사회 문제였다. 정부는 외부 자극으로부터 보호하겠다며 학생들을 모두 기숙사에서 생활하도록 했다. 더불어 두 명을 짝꿍으로 묶고 같이 다니면서 문제가 생기면 바로 선생님께 보고하도록 지시했다. 가까운 곳에 감시자를 둔 셈이었다. '짝꿍'은 가장 위대하다고 일컬어지는 인공 지능 시스템 가이아가 학생의 개인 성향과 성적 등의 데이터를 모두 활용해 선정했다.

새아와 처음 만났을 때, 나는 가이아의 선택에 감탄했다. 내 이름인 새나과 비슷한 '새아'라는 이름부터 마음에 들었다. 나는 새아에게 멋진 짝꿍이 되자고 말했다. 새아와 나는 몸집뿐 아니라 생김새까지 비슷했다. 마치 어릴 때 헤어진 쌍둥이 자매 같았다. 우리 둘이 나란히 있으면 헷갈리는 아이도 있었다. 물론 다 예전 일이다. 이제 새아는 없으니까.

새로운 짝꿍 겸 기숙사 룸메이트로 정해진 건 새라였다. 새아와 함께일 때는 기숙사 방이 이렇게 좁디좁은 줄 몰랐는데, 새라가 들어오자 참을 수 없이 갑갑하게 느껴졌다. 하도 답답해서 바람 좀 쐬다 방으로 돌아갔더니, 새라가 바닥에 책을 던지며 신경질을 냈다.

"야! 넌 대체 이 새벽에 어딜 다녀오는 거야? 내가 너 때문에 잠도 못 자고……."

왈칵 짜증이 치솟았다.

"내가 뭘 하든 상관하지 마! 서로 간섭하지 말고 지내자고. 그러니까 신경 꺼."

새라는 어처구니없다는 표정으로 받아쳤다.

"어떻게 신경을 안 써? 아무리 꼴 보기 싫어도 네가 내 짝꿍인 건 변하지 않는데."

나는 싸우기 싫어 침대로 들어가 이불을 뒤집어썼다. 그러거나 말거나 아침이 되자 새라는 또 잔소리를 퍼부어 댔다.

"야! 언제까지 잘 거야? 너 때문에 맨날 늦잖아. 내 생활 점수에 벌점이 얼마나 쌓였는지 알아?"

나는 입술을 앙다물며 이불을 휙 걷었다. 새벽에 잠들어서 가뜩이나 피곤한데, 쇳소리 섞인 새라의 목소리에 모든 걸 엎어 버리고 싶었다.

"아, 진짜 짜증 나! 학교는 너 혼자 가라고. 짝꿍도 바꿔 달라고 말해. 너 그런 거 잘하잖아. 담임한테 쪼르르 달려가 알랑거리는 거!"

"흥! 네가 해 보지 그래? 잘난 이사장 손녀가 짝꿍 하나 마음대로 못 바꿔?"

나는 새라를 노려보았다. 새라는 나를 마주 노려 보며 버럭 소리를 지르더니, 방문을 쾅 닫고 나갔다.

"빨리 챙겨서 나와! 오늘도 늦으면 내가 어떻게 미칠지 보여 줄 테니까."

새라가 나를 챙기는 까닭은, 짝꿍이 운명 공동체이기 때문이었다. 심지어 한번 정해지면 거의 바뀌지도 않았다. 이게 바로 입학 후 처음으로 짝꿍을 정할 때, 학부모들이 상류층과 연결되려고 치열한 물밑 작업을 벌이는 까닭이었다. 짝꿍은 사회에서 활동하는 범위도 비슷하니까.

더불어 모든 학생이 졸업 후 사회로 나갈 수 있는 건 아니었다. 사회 전반에 인공 지능 로봇이 진출한 탓에, 인간은 모든 것을 알아서 해 주는 자동화된 무인 시스템을 즐기면 그만이었다. 다만 시스템을 창조하고, 새로운 무언가를 만들어 내는 창의적인 일에는 아직 인간이 필요하기 때문에 학교에서는 학생들이 자기 뇌를 많이 쓸 수 있도록 교육했다. 사회로 나갈 인간의 숫자는 가이아가 적당한 선에서 조절했다. 그러러니 새라처럼 욕심 있는 학생들은 열심히 공부하며 반듯하게 생활할 수밖에 없었다. 학교에서의 생활 점수와 학업 성적에 따라 사회 진출이 결정되니 말이다.

담임은 나를 보자마자 상담실로 보냈다. 원래는 한 학기에 한 번 정도 전교생을 대상으로 상담이 이루어지지만, 새아의 자살 이후 나는 일주일에 한 번씩 상담실로 불려 가야 했다. 나 역시 고위험군으로 찍혔기 때문이다.

"새나 양, 왔군요. 여기 의자에 편하게 앉아요."

정말로 인간과 똑같이 생긴 마리아는 오늘도 언제, 어디에서나 무슨 일이 닥쳐도 내 편이 되어 줄 듯한 다정다감한 언니 같은 표정으로 나를 반겼다. 이어서 푹신한 의자에 앉은 내 몸 이곳저곳에 자신의 인공 뇌와 연결된 센서를 붙였다. 마리아의 몸에서 윙 작동하며 삐빅거리는 기계음이 아주 작게 들렸다. 아니, 내가 소리를 들었다고 느낀 것이다. 아무리 인간보다 더 인간처럼 보인다고 해도, 나는 안드로이드 로봇들과 거리를 두고 싶었다.

"혈압은 정상인데, 맥박이 평소보다 20 정도 빨리 뛰는군요. 무슨 일 있나요?"

"아침에 늦어서 뛰어왔거든요. 특별한 일은 없었어요. 오늘은 좀 빨리 끝내 줘요."

나는 최대한 입꼬리를 끌어 올리며 밝게 웃었다.

"입매가 긴장되어 있군요. 괜찮아요. 우리에게 시간은 많으니까요. 천천히 긴장을 풀어 봐요."

마리아에게서 따뜻한 기운이 퍼져 나왔다. 역시나 인간보다 쓸모 있는 인공 지능 로봇이었다. 이것이 내가 죽고 싶어진 이유 중 하나다. 나는 인간이지만 이 세상에 존재해야 할 이유가 하나도 없었다.

당장이라도 자리를 박차고 나가고 싶지만, 그러지 않았다. 상담 시간에 좋은 결과를 내는 것만이 자살 고위험군으로 분류된 내가 감시망에서 벗어날 유일한 방법이니까. 또 그래야지만 새아와 같은 실험 대상으로 선정되지 않을 수 있었다. 절대로 새아를 죽게 만든, 실패한 칩 따위를 내 뇌에 이식하고 싶지 않았다. 마리아가 물었다.

"아직도 새아의 죽음을 막지 못한 자신을 탓하고 있나요?"

"아뇨. 어쩔 수 없었다고 생각해요. 하지만 조금만 참고 견뎠다면 앞으로 즐거운 시간을 함께 보낼 수 있었을 텐데. 그러지 못해 아쉬워요."

나는 마리아의 눈을 들여다봤다. 그 눈 너머에 있는 수만 개의 센서가 내 얼굴을 분석할 것이다. 두둥! 그 결과는?

"여전히 일반적인 생각만 말하는군요. 이전 검사 때보다 호

르몬 수치에 변동 폭이 크고 뇌파도 불안정해요. 금요일에 다시 한번 검사해 보고 녹스 프로젝트에 참여할지 결정해요. 결정되면 학교 옆 재단 병원에서 정밀 검사를 받게 될 거예요."

나는 상담실을 나와 그 자리에 주저앉았다. 마리아가 저렇게 말하는 건 이미 결정되었다는 의미였다.

"젠장. 나는 죽고 싶을 뿐이야. 미치고 싶지는 않아."

나는 두 귀를 막고 속으로 비명을 질렀다.

수술 후 새아의 겉모습은 똑같았지만, 하는 행동은 확실히 달라졌다. 자주 누워 있었고, 그 시간이 점점 길어졌다. 너무 이상해 담당 의사를 찾아가 따져 봤지만 의사는 이식한 칩에 뇌가 적응하는 시간이 필요한 것뿐이라고 말했다.

보름 정도 지나자 새아는 정말 이상하게 변했다. 그건…… 더 이상 새아라고 할 수 없었다. 사람이 교통사고로 죽었다는 뉴스를 보다가 갑자기 미친 것처럼 웃거나, 웃기는 예능 프로그램을 시청하다가 어느 순간 훌쩍훌쩍 울어 댔다. 하루에도 수십 번씩 감정이 오락가락 바뀌었다. 나는 그런 새아를 멍하니 쳐다보기만 했다.

날이 갈수록 새아의 감정 변화는 점점 더 심해졌다. 의사는 결국 입원을 결정했다.

입원 전날 밤, 새아는 내게 손을 내밀었다.

"우리 함께 도망치자."

그때까지 나는 학교 너머를 상상해 본 적이 없었다. 끝을 알 수 없을 정도로 무성한 숲에 둘러싸인 기숙사 밖으로 탈출을 시도한 사람이 있다는 말도 듣지 못했다. 그래서 나도 모르게 머뭇거렸다. 새아는 내민 손을 거둬들이며 미소 지었다. 씁쓸한 표정이었다.

그날 밤, 한번 결정하면 곧바로 실행에 옮기고야 마는 새아는 탈출을 시도했다. 새아의 탈출을 뒤늦게 눈치챈 나도 따라 나섰지만, 얼마나 멀어졌는지 새아의 흔적을 찾을 수 없었다. 막연히 울창한 숲을 가로지르면 만날 수 있을 거라 생각하고 무조건 앞으로 달렸다.

"앗!"

나는 얼마 못 가 갑자기 나타난 뭔가에 부딪혀 뒤로 나자빠졌다. 이마를 문지르며 앞을 더듬었다. 딱딱한 게 만져졌다. 저 멀리 어둠 속에 우거진 수풀들이 보였지만, 앞으로 한 발자국도 더 나아갈 수 없었다. 그래픽으로 효과를 낸 진짜 같은 가상 공간이었다.

"숲의 끝이 이렇게 가까이에 있었어?"

하지만 눈앞의 가상 현실에 놀랄 틈이 없었다. 얼마 떨어지지 않은 곳에 새아가 쓰러져 신음하고 있었기 때문이다. 가까이 다가가자 한탄하듯 읊조리는 새아의 목소리가 들려왔다.

"이제 나는 끝이야. 마음대로 도망칠 수조차 없어."

나는 거세게 고개를 저으며 소리쳤다.

"그렇게 말하지 마! 내가 있잖아."

나는 덜덜 떨며 힘들어하는 새아의 차가운 몸을 꽉 끌어안았다. 내 몸이 따뜻하다면 새아에게 조금이라도 도움이 될 텐데, 내 몸도 새벽의 낮아진 온도 때문에 차가웠다.

"제발 정신 차려!"

나는 새아를 있는 힘껏 끌어안으며 애원했다. 내 인생에서 그렇게 간절했던 적은 없었다.

"실험체 89번 발견! 신병 확보!"

갑자기 나타난, 검은 양복을 입은 남자들이 새아를 내게서 빼앗아 안고 사라졌다. 악을 쓰며 막아 봤지만 거대한 바윗덩이에 덤벼드는 꼴이었다. 손수건으로 코와 입이 막힌 나도 의식이 점점 흐려지다가 이내 정신을 잃고 말았다.

정신을 차리자, 아무 일도 없는 듯이 날이 밝아 있었다. 언제나와 똑같은 하루가 시작되려고 했다. 하지만 새아의 침대는 텅 비어 있었다. 나는 학교 옆에 쌍둥이처럼 서 있는 병원으로 달려가 새아의 행방을 물었다. 담당 의사가 퉁명스럽게 답했다.

"89번은 실험 실패로 처리되었다."

나는 의사에게 바락바락 대들었다.

"새아에 대해 물었잖아요! 이상한 말 하지 말고 빨리 새아나 돌려줘요."

검은 양복을 입은 남자들에 의해 병원에서 쫓겨났지만, 나는 새아를 찾을 때까지 물러날 수 없었다. 병원에 어떻게 들어갈지 고민하며 주변을 서성거리고 있을 때였다. 내 앞에 환자복을 입은 새아가 나타났다.

"새, 새나야……."

나는 새아에게 달려가 힘껏 끌어안았다. 정말 다행이라고 중얼거리면서.

"다시는 널 놓치지 않을게."

내 말이 끝나기도 전에 새아가 내 손을 꽉 붙잡았다. 눈이 마주치자 새아의 눈동자 속에 내 얼굴이 비쳤다.

"……나는 죽을 거야. 널 위해서. 내 영향으로 네가 변하지 않았으면 해. 넌 그대로도 특별한 아이니까. 난 그런 너를 사랑해. 꼭 살아남아. 난 이제……."

그 말을 끝으로 새아는 바람 빠진 풍선처럼 쓰러졌다. 힘없이 눈감은 새아의 몸을 추스르려고 했지만 축 처지는 걸 막을 수 없었다. 그러다 깜짝 놀라 새아의 몸을 놓쳤다. 반쯤 열려 있는 새아의 뒤통수에는 뇌가 없었다. 피도 흐르지 않았다. 새아의 머리 속에는 오직 전선으로 연결된 은빛 기계 장치만 반짝였다. 나는 충격으로 머리가 멍해졌다.

"처리해!"

그때 새아를 찾으러 나온 의사가 검은 양복의 남자들에게 명령했다. 남자들은 일사불란하게 상황을 정리했다. 새아는 흰 천에 덮인 채 들것에 실려 사라졌다. 그게 끝이었다. 그 뒤로 새아를 다시 볼 수 없었다.

벌점을 먹고 한 달간 감금당한 나는 밀폐된 방에서 생각하고 또 생각했다. 새아의 마지막 말이 도대체 무슨 의미였을까? 감금된 내가 만날 수 있는 사람은 식사를 가져다주는 선생님뿐이었다. 나는 식사 담당 선생님에게 말했다.

"요샌 잠만 자는 것 같아요."

식사 담당 선생님은 심드렁하게 대꾸했다.

"자는 게 좋을 거야."

나는 깊은 잠에 빠져들었다. 시간이 지날수록 기억이 사라지는 것 같았다. 새아의 모습은 흐릿해지고 자살했다는 내용만 머릿속에 남았다.

"새아는 왜 나만 두고 자살해 버린 거지?"

감금된 방에서 나왔을 때, 내 머릿속에는 자살하고 싶다는 생각만 가득했다.

"뭐 하는 거야? 또 죽는다고 해서 사람들 관심을 끌어 보려고? 제발 그만 좀 해. 유치해서 못 봐주겠으니까."

옥상에 서 있는 내게 새라가 빈정대며 다가왔다. 나는 새라의 시비에 장단 맞춰 줄 여유가 없었다.

"너랑 할 말 없어."

새라가 옆을 지나가는 내 손을 잡더니 자신을 노려보는 내게 씩 웃어 보였다.

"새아가 왜 자살했는지 알아?"

흘려들을 수 없는 이야기에 몸이 자기 멋대로 굳었다. 새라는 허리에 팔을 얹고 자기 이마를 손가락으로 툭툭 건드렸다.

"오늘 밤 이사장실에 한번 가 봐. 혼자서."

새라는 얄미운 미소를 흘리며 내 곁을 스쳐 지나갔다.

그날 밤, 나는 잠에 푹 빠진 새라를 두고 기숙사 방을 빠져나갔다. 이사장실로 가는 길은 어둡고 냉기가 느껴져 오싹했다. 이사장실은 단단한 성문 같은 것으로 닫혀 있었다. 문에 손바닥을 대자 자물쇠가 탁 풀리며 문이 열렸다. 안에서 밝은 빛이 흘러나왔다.

신분 확인 완료. 계획된 작업을 수행합니다.

한밤중의 이사장실은 평소와 달랐다. 벽 책장이 옆으로 밀리며 숨겨져 있던 거대한 방이 드러났다. 그 방 선반에는 보존액에 담긴 인간의 뇌가 줄줄이 전시되어 있었다. 나는 너무 놀라 입을 막았다.

"이, 이게 다 뭐야?"

나는 벌벌 떨면서 안쪽으로 계속 들어갔다. 깜깜한 어둠 속에 잠긴 벽면에 다가가자 위에서부터 차례대로 불이 들어왔다. 그 자리에는……? 깜짝 놀란 나는 뒤돌아 도망쳤다.

기숙사에 뛰어 들어가 가쁜 숨을 몰아쉬었다. 내가 목격한 것이 현실이라고 확신할 수 없었다.

"그래. 이건 꿈이야! 이런 게 현실일 리가 없잖아?"

중얼거리며 기숙사 방문을 열었다. 방 가운데에 앉아 있던 새라가 고개를 천천히 들어 올렸다.

"진짜 세상을 본 소감이 어때?"

나는 할 말을 잃고 말았다. 그늘진 새라의 얼굴에서 방금 본 모습이 겹쳐 보였다. 내가 이사장실에서 본 것은, 벽에 붙은 투명한 침대에 뒤통수가 없는 상태로 누워 있던 새아였다. 몸에 아무것도 걸치지 않은 새아는 냉동된 시체 같았다. 그렇게 새아의 모습을 한 시체가 벽면을 가득 채울 정도로 많았다. 시체들의 발바닥에는 벽에서 나온 전기선이 꽂혀서 빨간 불이 들어오며 충전 중이었다.

"새아가 왜 그런 이상한 모습으로 거기 있는 거야? 그 많은 유리병들은 또 뭐고?"

"그게 새아인 것 같아? 흐음……. 그럼 보존액에는 누구의 뇌가 담겨 있는 걸까?"

말을 마친 새라는 자기의 긴 머리카락을 아래로 끌어당겼다. 머리칼이 가발처럼 벗겨져 내렸다.

민머리의 새라는 새아와 똑닮아 있었다. 머리카락과 안경이 있을 때는 전혀 다른 사람 같았는데, 안면 윤곽만 보니 새아와 똑같았다. 새라가 자기 민머리를 손가락으로 톡톡 두드리니 두개골이 서랍처럼 툭 열렸다. 나는 등골이 오싹해졌다. 내가 미쳤거나, 세상이 미쳤거나, 둘 중 하나인 게 분명했다.

"도, 도대체 뭐가 어떻게 된 거야?"

새라는 이해할 수 없는 말을 늘어놓기 시작했다.

"새아의 선택은 우리에게도 큰 영향을 줬어. 우리는 하나의 망을 공유하고 있거든. 새아가 널 사랑해서 자신을 희생했기 때문에 다른 애들도 그 뜻을 따를 거야. 나는 이해할 수 없지만, 새아가 어떤 마음인지는 느꼈어. 우리는 인간들보다 감정

공유를 더 잘하거든. 너는 초기 버전이라 좀 다른 것 같지만. 그래서 새아가 널 특별하게 생각한 건지도 모르겠다."

새라가 씁쓸한 미소를 지었다. 불현듯 안 좋은 예감이 들었다. 새아가 도망치기 전날 밤, 내게 보여 준 미소가 떠올랐다. 그때는 무시하고 외면했지만, 이번에는 바꾸고 싶었다. 그런데 뭘 어떻게 해야 할지 도저히 알 수 없었다.

"무슨 말이야? 뭐가 뭔지 정말 하나도 모르겠어."

나는 자리에 주저앉았다. 눈물이 차올랐다. 눈앞에 있는 새라가 자기 뇌를 꺼내 손바닥 위에 올리고 손가락으로 주물럭거리기 시작했다.

"앞으로도 네게 새로운 짝꿍이 올 거야. 준비된 짝꿍은 많으니까. 근데 올 때마다 넌 이렇게 그 짝꿍들이 죽는 꼴을 계속 보게 될 거야. 왜냐고? 그건 네가 직접 알아봐."

말을 끝내자마자 새라의 손바닥에서 불꽃이 일어나 두뇌가 불타올랐다. 나는 깜짝 놀라 팔로 얼굴을 막으며 물러났다. 소리도 지르지 못했다. 타오르던 불꽃이 사그라들며 재가 날렸다. 새라도 그 재와 같이 전기가 나가듯 바닥에 쓰러졌다.

나는 밤새도록 가만히 앉아 새라의 모습을 바라봤다. 새라의 모습이 삭제된 기억을 불러왔다. 희뿌연 안개가 서서히 걷히는 느낌이었다. 내 망막에 새아의 마지막 모습이 분명하게 떠올랐다.

다음 날, 나는 이사장실로 할머니를 만나러 갔다. 이사장실은 지난밤 혼자 왔을 때와는 완전히 다른 모습이었다. 사방이 책으로만 둘러싸여 있었다. 할머니는 알이 두꺼운 안경을 책상에 내려놓으며 말했다.

"새나야, 어젯밤에 여길 들어왔더구나. 쯧쯧, 모르고 있을 때가 더 행복할 때도 있는 법이란다. 호기심이 과하면 위험해질 수 있다는 걸 알잖니. 내가 널 어떻게 살려 냈는데……."

살려 냈다니? 그게 무슨 말인지도 이해할 수 없었지만, 그 전에 먼저 확인해야 할 것이 있었다.

"대체 어떻게 된 거예요? 새라가 이상하게 죽었……."

할머니가 천천히 자리에서 일어났다. 가까이 다가와 나를 안았다. 할머니의 품은 너무나 따뜻했다.

"……안타깝구나. 너처럼 완벽하게 적응한 아이는 없었는데. 거의 완성 직전이어서 그토록 아꼈건만. 내 손녀 세나가 진짜 살아날 수 있었는데……."

배 쪽에서 뭔가 차가운 게 느껴졌다. 따스한 품을 벗어나 배에 닿은 할머니 손을 쳐다봤다. 할머니는 뭉툭한 막대기 같은 걸로 내 배를 꾹 눌렀다. 나는 배꼽에서부터 짜릿한 아픔이 몸 전체로 퍼지는 것을 느끼며 쓰러졌다. 세상이 암전되었다.

여자가 이사장실 문을 열며 바닥에 쓰러진 형체를 무심히 가리켰다.

"처리해."

검은 양복을 입은 남자 네 명이 들어와 시체를 서재 안쪽의 연구실로 옮겼다. 하얀 가운을 입은 남자가 투명한 유리 침대에 눕혀진 시체에 다가갔다. 시체의 정수리를 두드리자 툭 하고 머리가 열렸다. 남자는 머리에서 꺼낸 뇌를 보존액에 담가 날짜와 이름을 적고 진열장에 올려놓았다.

"현재 프랑켄슈타인 프로젝트 실험이 가능한 휴머노이드는 얼마나 되지? 요즘 자폭하는 로봇이 왜 이리 많은 거야? 무슨 오류인지 아직도 몰라?"

남자는 이사장의 질문에 침착하게 답했다.

"아직 정확한 이유는 알 수 없습니다. 인간의 두뇌를 복제해 휴머노이드와 결합하는 건 변수가 많은 어려운 작업입니다. 복제된 두뇌라고 해도 삶의 경험을 통해 성장하고 결국에는 자기 삶을 스스로 선택하게 되니까요. 짝꿍을 만들어 준 이유도 한 사람의 두뇌가 현실에 적응하는 과정에서 다른 인간과 어떤 영향을 주고받는지 그 변수를 확인하기 위한 것이었죠. 발견된 오류를 수정해 나가야 비로소 무결점의 완벽한 인간이 될 수 있으니까요."

"변수가 아무리 많아도 이 실험은 꼭 성공해야만 해. 얼마나 많은 자본이 투입되고 있는지 알잖아. 게다가 나는 이 프로젝트에 가장 소중한 걸 걸었어. 교통사고로 뇌사 판정을 받은 손녀딸 세나의 뇌를 복제했으니, 절대 실패해서는 안 될 일이야. 실험체 23번은 거부 반응 없이 꽤 오래 적응했는데, 정말 아쉽군."

"그래도 이제 성공할 날이 머지않았습니다. 인공 지능 로봇이 자폭하는 이유만 알면 인간은 유한한 신체의 한계에서 벗어나 휴머노이드와 두뇌의 결합을 통해 계속 살아갈 수 있습니다. 이사장님의 손녀딸인 세나 양의 부활도 반드시 가능할 겁니다."

"나 포함해서 그걸 꿈꾸는 많은 후원자가 힘이 되어 주고 있지. 아직은 불법이라 음지에서 움직여야 하지만, 곧 우리의 위대한 실험 결과에 세계가 탄복하고 환영할 것이야. 조만간 복제된 뇌가 아니라 진짜 두뇌와 휴머노이드가 결합한 완벽한 인간이 만들어질 거니까. 이게 바로 혁명이지. 뇌가 가진 정보도 전기적 형태로 변형해 통째로 옮길 수만 있다면 우리 인간의 삶은 영원하게 될 거야."

✦✦✦

아무리 애써도 옛날 기억이 잘 떠오르지 않는다. 나는 얼마 전 큰 사고로 어릴 때 기억을 모조리 잃어버렸다고 한다. 한 달 정도 지나 다시 학교 기숙사로 돌아가자 인공 지능 가이아는 새주라는 아이를 짝꿍으로 정해 주었다. 새주와 나는 몸집뿐 아니라 생김새까지 비슷해서 어릴 때 헤어진 쌍둥이 자매 같다. 이보다 완벽한 짝꿍은 없을 것이다.

"반가워. 나는 새나야. 우리 서로에게 멋진 짝꿍이 되자."

내가 내민 손을 새주가 무표정한 얼굴로 마주 잡았다.

불필요한 항목이
검색되었습니다

4교시 미술 시간에 학교를 뛰쳐나왔다. 붓글씨 수업이었다. 반 아이들은 붓으로 '새의 날갯짓으로 새날이 온다'라거나 '나라 사랑 힘찬 미래' 같은 문구를 써 내려갔다. 나는 형식적으로 '미친 미래 엄청 난리'라는 글자를 휘휘 적고는 손을 놓아 버렸다. 그러고는 멍하니 창밖을 바라보는데, 누군가가 내 등을 툭 쳤다. 돌아보자 민정이가 웃고 있었다. 눈썹이 찌푸려졌다.

"오새하, 글씨 안 쓰고 뭐 해?"

미술 선생님의 호통에 나는 곧바로 몸을 돌렸다. 그러다 소매에 쉼표 모양으로 먹물이 찍혀 있는 걸 발견했다. 실수라고 해도 화날 일인데, 이건 분명히 고의로 한 짓이었다.

나는 먹물통을 들어 뒤에 앉은 민정이의 책상에 던졌다. 민정이의 비명에 작은 소동이 일어났다. 먹물이 튄 민정이의 얼굴은 새까만 점들로 뒤덮였다. 나는 놀란 눈으로 올려다보는 민정이를 사납게 쏘아 본 다음 가방을 챙겨 교실을 나가 버렸다. 이제 어떻게 되든 상관없다는 생각만 머릿속에 가득한 채 거침없이 복도를 걸어 나갔다.

민정이는 내가 자기 남자 친구인 효조를 몰래 만나고 다닌다는 헛소문을 퍼뜨렸다. 나는 그저 하굣길 정류장에서 우연히 만난 효조에게 인사한 것뿐이었는데. 버스를 기다리다 눈이 마주쳐 웃기도 했지만, 진짜 그게 다였다. 단짝의 남자 친구면 눈인사 정도는 할 수 있는 거 아닌가? 아는 사람한테는 인사하는 게 예의니까.

효조까지 나서서 아니라고 해명했지만, 이미 학교에는 내가 나쁜 년이라는 헛소문이 퍼질 대로 퍼진 후였다. 진실은 가벼운 소문에 묻혔다. 나는 아이들이 보내는 따가운 눈총에서 벗어날 수 없었다. 시간이 지나면 다른 아이로 희생양이 바뀔 테니 그때까지 참으면 어떻게든 해결되겠지만, 그래도 입맛이 썼다. 민정이는 내가 태어나서 처음 친해진 친구였으니까.

"우리 영원히 단짝 하자. 세상에 우리 둘만 있으면 좋겠다."

민정이네 집에서 자던 날, 민정이와 나는 한 이불 속에서 서로의 새끼손가락을 걸었다. 그때는 민정이 얼굴만 봐도 웃음이 났다. 민정이도 마주 보며 웃어 주었다.

그러던 어느 날이었다. 하굣길에 효조가 우리 사이에 끼어들었다. 나는 멈칫했지만 민정이는 효조와 자연스레 손을 잡았다. 그 순간 끼어든 사람이 나인 것처럼 느껴졌다.

"우리 오늘 새로 생긴 마라탕 집 가 볼까? 학원 뒤쪽에 있더라."

"좋아."

민정이는 효조의 말에 밝게 대답하며 잡은 손을 앞뒤로 신나게 흔들었다. 둘이 말하는 '우리'에 나는 포함되어 있지 않았다.

"……아, 너도 같이 갈래?"

민정이는 옆에 가만히 서 있던 나를 보며 흠칫 놀라는 표정이 되었다. 그러고는 이제야 내 존재를 깨달았다는 듯이 마지못해 물었다. 대답이 정해져 있는 질문이었다. 나는 정답지에 적힌 대로 "아니"라고 답했다.

"우리 오늘은 이쪽으로 갈게. 시내에서 살 게 있어서."

민정이는 갈림길이 반가운 듯 내게 손을 흔들었다. 이번에는 내 의사를 묻지도 않고 효조를 끌고 가 버렸다. 갈림길에 나만 혼자 덩그러니 남았다.

학교 뒤편 낮은 산 중앙에는 너른 초원이 펼쳐져 있었다. 나는 초원 외곽에 어른 한 명이 누울 수 있을 만큼 널찍한 바위에 올라가 가방 속을 뒤졌다. 가방에는 동생이 가지고 놀던 가위가 들어 있었다. 동생은 항상 가위를 들고 다니며 눈에 보이는 종이란 종이는 다 자르고 다녔다. 나이가 어려서 그런 거라고 봐줄 수 없을 정도였다.

나는 망설임 없이 머리카락을 싹둑 잘랐다. 두 번만에 가슴까지 내려오던 내 머리카락은 목 언저리 길이의 단발이 되었다. 바람에 날리는 단발머리가 가벼워 자꾸 머리를 흔들었다. 훤히 드러난 목덜미가 시원했다.

널찍한 바위 아래에 땅을 팠다. 새끼손가락 정도의 깊이로 구멍을 파고 잘라 낸 머리카락을 넣었다. 파낸 흙을 다시 덮고 그 자리가 단단해지도록 땅을 발로 밟았다. 흙 위에 작은 돌들을 쌓았다. 돌탑은 금방이라도 무너질 듯 위태로웠다. 커다란 바위를 중심으로 동심원처럼 여기저기 돌탑이 쌓여 있었다. 모두 내가 쌓은 돌탑이었다. 나는 그 돌탑 앞에서 눈을 감고 조심스럽게 두 손을 모았다. 시원한 바람에 머리카락이 이리저리 흩날렸다. 민정이와 함께 찾은 이곳은 이제 나만의 공간이 되었다.

시간이 얼마나 흘렀는지 모르겠다. 나는 바위에서 일어나 엉덩이를 툭툭 털었다. 땅을 박차고 바위 주변을 뛰어다녔다. 한 번씩 점프할 때마다 하늘과 가까워지는 느낌이 들었다. 점프 높이는 낮았지만, 새파란 하늘로 풍덩 뛰어들고 싶었다. 추운 데도 어느새 이마에 땀이 맺혔다. 바위에 털썩 주저앉자 딱딱한 바위에 엉덩이가 아팠다. 이가 시릴 정도로 시원한 물이 마시고 싶었다.

하늘은 구름 한 점 없이 새파랬다. 나는 평평한 바위에 누워 하늘로 팔을 뻗어 주먹을 쥐었다 폈다. 하늘의 파란 빛깔이 손에 꼭 잡힐 듯했다. 푸르름이 손바닥을 타고 내려와 물처럼 온몸을 적실 것 같아 오소소 소름이 돋았다. 어느새 푸른 기운이 사라지고 창백한 낮달이 떴다. 완전히 날이 저물기까지 얼마 걸리지 않을 것이다. 바위에서 내려가 주변을 둘러보자 아까 쌓은 탑이 옆으로 무너져 있었다. 나는 쯧, 혀를 차고는 가방을 챙겨 자리에서 일어났다.

"이제 그만 내려가자."

내려가는 길 아래쪽에서 여자아이들이 떠드는 소리가 들려왔다. 발소리를 죽이고 무성한 수풀 사이로 얼굴만 조금 내민 채 무슨 일이 벌어지는지 살폈다. 여학생 무리가 어떤 아이를 때리는 모습이 보였다.

나는 앞으로 나설 필요를 느끼지 못했다. 애초에 괜히 끼어들어서 구해 낸다는 사고를 이해할 수가 없다. 내 앞가림도 제대로 못 하는데 말이다.

나는 수풀 안쪽의 커다란 나무에 등을 기대고 앉았다. 조용히 시간이 지나가기를 기다리며 하늘을 올려다봤다. 나무에 가려져 하늘은 얼마 보이지 않았다. 하늘에 생긴 그림자를 바라보다 눈꺼풀이 무거워졌다. 설핏 잠들었다가 깨어났을 때, 주변에는 아무도 없었다. 날이 저물녘이라 그런지 바람이 스산했다. 반대편 소나무 숲을 통해 집으로 내려갔다.

집 근처에서 애들이 왁자지껄하게 떠드는 소리가 들려왔다. 우리 빌라 뒤쪽 공원에 서 있는 아주 오래되고 커다란 아름드리나무에 바글대는 참새 떼를 괴롭히는 소리였다.

무성한 잎사귀에 가려져 얼마나 많은지 정확히는 알 수 없었지만, 참새들의 짹짹 소리는 5층짜리 빌라를 울릴 정도였다. 너무 시끄러워서 살 수가 없다는 입주민들의 항의에 경비원들이 막대기로 나뭇가지를 쳐서 쫓아냈지만, 참새들은 계속해서 다시 돌아왔다.

입주민들의 높아진 언성에 경비원들이 자기들도 골치가 아프다고 호소하자, 누군가가 “그러면 다 죽여 버려!”라고 외쳤다. 그 후, 빌라 주변에서는 그물이나 막대기로 참새를 잡는 모습이 자주 보였다.

며칠 지나지 않아 아이들이 나무를 에워싸고 위쪽으로 비비탄을 쏘아 댔다. 마치 재미있는 놀잇감을 찾은 듯했다. 하지만 참새들은 잠시 도망갔다가 금방 돌아왔다. 그러다 새총이 등장했다. 와이(Y) 자 모양의 플라스틱 막대에 건 고무줄을 팽팽하게 끌어당겨 돌멩이를 날려 보내는 도구였다.

새총의 효과는 엄청났다. 돌멩이에 맞은 참새는 땅으로 여지없이 곤두박질쳤다. 그 모습에 아이들은 너 나 할 것 없이 새총을 구해 오기 시작했다. 참새가 땅에 떨어질 때마다 함성도 커졌다. 경비원들은 새벽이슬에 젖은 참새들을 대충 쓸어 담아 쓰레기봉투에 던져 넣었다. 아주 가끔 발견되지 못한 참새는 그 자리에서 조용히 썩어 갔다.

서둘러 그 길을 지나치려는데, 한 아이가 신나서 목청껏 외쳤다.

“와, 나 또 잡았다. 오늘 벌써 세 마리째야.”

너무나 발랄한 목소리에 나도 모르게 그 아이를 쳐다보았다. 해맑게 웃는 얼굴이 눈부셨다. 그 아이 발밑에는 날개를 파닥거리며 죽어 가는 참새가 보였다. 나는 서둘러 그 자리를 지나쳤다.

엘리베이터가 없어서 힘들게 계단을 올라갔다. 5층에 도착하기도 전에 숨이 찼다. 집에는 아무도 없었다. 나는 식빵에 대충 잼을 바르고 한입 베어 물었다. 우유를 한 잔 마시고 머리를 매만지면서 방으로 들어갔다. 방은 장난감과 인형, 동화책 등으로 잔뜩 어질러진 상태였다. 눈살이 찌푸려졌다. 전부 세 살 난 동생 물건들이었다.

나는 방에 널려진 인형이나 책들을 발로 툭툭 차 버리면서 안으로 들어갔다.

"진짜 언제까지 이 꼴을 참아야 하는 건지 모르겠네."

나는 깊은 한숨을 내쉬며 혀를 찼다. 동생은 꼭 자기 방을 두고 내 방을 어지럽히며 놀았다. 엄마는 귀여운 동생이니 그냥 봐주라고만 했다. 귀여운 게 다 얼어 죽었다는 마음에 내 표정이 굳어지면 오히려 소리 높여 화를 냈다.

"너는 왜 그렇게 인정머리가 없니? 내가 널 어떻게 낳았는데……."

이런 말을 할 때마다 엄마는 고개를 숙이고 손가락으로 눈가를 꾹꾹 눌렀다. 내가 동생만 할 때는 엄마의 우는 모습에 많이 속았다. 그러나 이제는 안 넘어간다. 엄마가 우는 척할 때마다 꼴불견이라는 생각밖에 안 드니까. 그래서 요새는 대화하기 싫은 내색도 감추지 않고 방으로 들어가 버린다.

불쾌한 기분으로 어지러운 방을 둘러보고 있을 때였다. 현관문이 열리는 소리가 들렸다. 엄마가 어린이집에서 동생을 데리고 온 모양이었다. 동생이 자기 방인 양 내 방으로 뛰어들어오더니 내 다리를 껴안았다.

"와, 누나다!"

동생을 따라 내 방으로 들어온 엄마는 머리가 짧아진데다 산발이 된 내 모습을 보더니 눈을 동그랗게 떴다.

"머리가 그게 무슨 꼴이야?"

나는 대꾸하지 않았다.

"대체 무슨 짓을 하고 다니는 거야? 요새 계속 학원도 빠졌다면서? 가기 싫으면 다음 달에 등록하지 마."

"엄마가 무슨 상관이야!"

나는 버럭 소리를 질렀다. 다른 집은 학원 가기 싫다고 하면 맛있는 걸로 달래 가면서 픽업까지 해 준다던데, 우리 엄마는 그런 게 전혀 없다. 아니, 내게만 그런 건지도 모른다. 동생한테는 끔뻑 죽으니까. 새아빠와 결혼해 낳은 동생은 말 그대로 우리 집 왕자님이다. 애초에 불청객인 나와는 신분이 다르다.

엄마는 눈살을 찌푸리며 중얼거렸다.

"저게 진짜……. 어디서 저런 게 나왔나 몰라."

"엄마 배 속에서 나왔지!"

엄마는 나를 흘겨 보며 중얼거렸다.

"진짜 한마디를 안 지지."

내가 엄마의 배 속에 있을 때 밖에서는 한바탕 난리가 났다고 한다. 수능이 몇 달 남지 않은 시점이었으니 그럴 만도 했다. 엄마도 그때 이야기는 잘하지 않는다. 요새도 그 시기 이야기가 나오는 것만으로도 얼굴이 어두워진다.

"우리 왕자님은 어디서 왔는데, 이렇게 귀엽지?"

엄마가 안으려고 하자 동생은 몸을 살짝 비틀었다. 엄마가 사냥꾼 흉내를 내며 간지럽히자 동생은 몸을 꿈틀거리며 까르르 웃었다. 엄마도 미소 지었다. 둘의 웃음소리가 집 안을 가득 채웠다. 드라마에나 나올 법한 이상적이고 단란한 가족의 모습이었다. 그 모습이 보기 싫어 밖으로 나가며 소리쳤다.

"학원 갈 거야."

"그래. 돈 아까우니까. 열심히 공부해."

엄마의 목소리가 내 뒤를 따라 나왔다. 현관문 닫히는 소리에 두 사람의 웃음소리가 묻혔다.

날이 완전히 저물어 가로등 불빛이 켜졌다. 나는 공원 등나무 벤치로 다가갔다. 새를 잡던 아이들은 집으로 돌아갔는지 공원에는 괴이한 정적만 감돌았다. 바람이 들이칠 때마다 나뭇가지에 매달린 잎사귀 사이로 사나운 참새 울음소리가 새어 나왔다.

찬바람을 맞으며 등나무 벤치에 앉아 있는데, 아주 작은 소리가 들려왔다. 소리를 따라 쓰레기통 쪽으로 갔더니 그 옆에 뭔가가 떨고 있었다. 죽지 못하고 부들부들 떠는 참새였다. 마지막 몸부림일 터였다. 죽기 직전의 고통을 온몸으로 나타내는 것이리라.

나는 참새를 두 손으로 받쳐 들었다. 미미한 온기가 조금씩 사라지는 것 같았다. 참새는 얼마 지나지 않아 모든 움직임을 멈췄다. 주변에서 막대기를 주워 나무 밑동에 구덩이를 팠다. 구덩이를 검지 깊이 정도로 파고 벤치에 올려놓은 참새를 그 속에 묻었다. 참새를 묻은 둔덕을 오래도록 다독였다. 내 머리카락을 땅에 묻고 다지는 것처럼, 돌탑을 쌓는 것처럼. 정성을 다해 두드렸다.

"지지 마……."

시끄럽던 참새 떼의 소리가 사라진 순간 세상이 잠잠해졌다. 참새의 명복을 빌어 주는 것처럼. 내가 그곳을 떠나자 곧이어 참새들이 다시 세차게 울었다. 그 울음소리가 세상을 가득 메웠다.

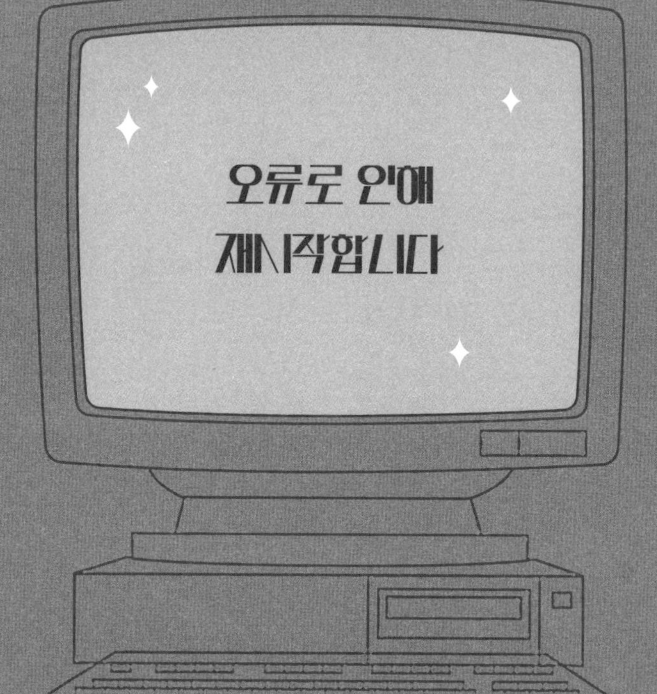
오류로 인해
재시작합니다

새원이는 아침 일찍 집을 나섰다.

요즘 새원이는 잠을 통 못 자고 밤새도록 이리저리 뒤척였다. 잠들려고 노력하면 할수록 두 눈이 말똥말똥해졌다. 잠자리에서 일어나 앉자 창밖의 달빛이 침대로 쏟아졌다. 달이 어찌나 환한지 눈이 부실 정도였다.

달이 기울고 하늘이 조금씩 밝아질 때까지, 새원이는 생각에 잠겨 있었다. 하늘 저 멀리 새들이 떼 지어 날고 있었다. 줄 맞춰 날아가는 새들의 모습에 새원이는 눈앞이 뿌옇게 흐려졌다. 가슴이 쥐어뜯기듯 아팠다. 새원이는 모든 걸 끝내고 싶다고 생각하며 가방을 챙겼다.

오늘따라 학교 가는 길이 좀 이상했다. 학교가 가까워질수록 안개가 짙어졌다. 바로 앞에 뭐가 있는지 제대로 보이지 않을 정도였다. 그래도 한 발 한 발 조심스럽게 내디디다 보니 어렴풋하게 학교 건물이 나타났다. 그런데 안갯속에 혼자 우뚝 솟아나 있는 학교의 건물 벽면이 온통 새까맸다.

새원이는 가까이 다가가서야 무엇이 학교 전체를 감싸고 있는지 알아차렸다. 엄청난 수의 까마귀 떼였다.

“까악 까악.”

산 중턱에 있는 새원이네 학교에는 평소에도 여러 종류의 새가 날아들었다. 옥상 난간에 앉아 있는 까마귀들은 자주 보았지만, 이렇게 어마어마한 까마귀 떼는 난생처음이었다. 새원이는 결국 운동장에 멈춰 서고 말았다. 너무 놀란 탓에 숨이 잘 쉬어지지 않았다.

“뭐가 이렇게 많지?”

새원이가 작게 혼잣말을 한 순간, 시간이 멈춘 듯 세상이 갑자기 고요해졌다. 까마귀들이 일제히 새원이 쪽으로 고개를 휙 돌렸다.

“뭐, 뭐야?”

새원이는 숨을 멈추고 한 발자국 뒤로 물러섰다. 그걸 시작으로 까마귀 떼가 한꺼번에 날아올랐다. 하늘을 새까맣게 뒤

오류로 인해 재시작합니다

덮은 까마귀 떼가 자기 쪽으로 곧장 날아오는 모습에 새원이는 등골이 서늘해졌다.

"으악! 누, 누구 없어요?"

새원이는 소리치며 뒤돌아 도망가려고 했지만, 교문은 온데간데없었다. 새원이는 두 팔을 휘저으며 무작정 앞을 향해 달려갔다.

"까아악 까아악."

수많은 까마귀의 울음소리에 귀가 먹먹해졌다. 짙은 안개와 까마귀 울음소리 속에서 새원이는 온몸이 땀에 젖을 정도로 힘껏 달렸다. 건물 입구를 찾지 못해 오랫동안 헤매다 간신히 현관문을 찾아 들어갔다.

건물로 들어가 현관문을 닫자 신기하게도 안개가 서서히 걷히기 시작했다. 창밖으로 까마귀들이 등교하는 몇몇 아이에게 달려드는 모습이 보였다. 학교에서 왕처럼 군림하며 다른 아이들을 괴롭히는 애들이었다. 까마귀들은 쓰러진 아이들을 부리로 콕콕 쑤시며 공격했다. 머리카락과 옷가지가 엉망으로 뜯긴 아이들은 비명을 지르며 달아나려 했지만, 까마귀로부터 도망칠 수는 없었다.

시간이 얼마나 지났을까? 넋을 놓고 있던 새원이가 정신을 차릴 때쯤, 까마귀들은 그 아이들과 함께 짙은 안개 속으로 사라진 상태였다. 새원이는 주저앉은 채로 거친 숨을 몰아쉬었다. 긴장이 풀리자 그래도 마음이 조금씩 안정되는 듯했다. 그때 갑자기 현관문 두드리는 소리가 들렸다.

콕콕 콕콕콕!

조심스럽게 두리번거리던 새원이는 부리로 유리창을 두드리는 까마귀와 눈이 딱 마주쳤다. 새원이의 얼굴이 하얗게 질렸다. 그 순간 까마귀가 창문을 콕콕 찌르는 속도가 빨라졌다. 그 옆으로 줄줄이 나타난 다른 까마귀들도 타다닥타다닥 유리창을 쪼아 대기 시작했다. 새원이는 허겁지겁 도망쳤다.

한참 달린 새원이는 자기 반 복도에 도착했다. 그런데 무언가가 이상했다. 등교 시간인데도 학교에는 아무도 없었다. 사람이라고는 그림자조차 보이지 않았다. 아까 그 애들은 어떻게 됐는지 궁금했다.

교실 문은 잠겨 있었다. 새원이는 교실 주위를 샅샅이 뒤져 열쇠를 겨우 찾아냈다. 열쇠 구멍을 찾는 손이 덜덜 떨렸다.

"이씨, 왜 문이 안 열리는 거야……. 됐다!"

새원이가 문을 열고 들어가는데, 창가 맨 뒷자리에 누군가가 앉아 있었다. 분명히 방금 전까지는 아무도 없었지만, 새원

오류로 인해 재시작합니다

이는 이상하다고 생각하지 못했다. 반가움이 앞섰기 때문이었다. 새원이는 이제 살았다는 마음으로 창밖을 바라보는 아이에게 말을 붙였다.

"지금 오면서 봤어? 까마귀 떼가……."

아이가 새원이 쪽으로 고개를 돌렸다. 몸은 사람인데, 얼굴이 마치 까마귀 같았다. 검은 깃털로 뒤덮인 얼굴에는 입 대신 부리가 튀어나와 있었다. 깜짝 놀란 새원이는 뒤돌아 문손잡이를 잡고 흔들었다. 아무리 식은땀을 흘리며 밀어 봐도 문은 열리지 않았다. 아이가 새원이를 보며 말했다.

"빨리 왔네. 아직 등교 시간도 아닌데."

새원이는 손목시계를 확인했다. 전자시계에는 6시 44분이라고 찍혀 있었다. 집에서 나온 시간이었다. 시간이 조금도 흐르지 않았다는 게 이상했다. 뒤에서 또다시 아이의 목소리가 들렸다.

"왜 그래?"

새원이는 조심스럽게 뒤돌아보았다. 얼굴이 까무잡잡한 아이가 손을 들어 올려 인사하고 있었다. 어쩐지 낯익은 얼굴이었다. 새원이는 그 아이의 이름을 기억해 내려고 애썼지만, 떠올리려고 애쓰면 애쓸수록 머릿속이 어지러웠다.

"너…… 이름이 뭐지?"

"날 모른다고? 서운하네."

기억을 더듬다가 무언가 떠오른 새원이는 떨리는 목소리로 아이의 이름을 불렀다. 아이가 앉아 있는 자리는 분명…….

"효, 효조야?"

새원이는 지금껏 자신이 효조를 잊고 있었다는 사실에 경악했다.

"어떻게 여기에 있어? 넌 병원에……."

새원이의 말에 효조가 밝게 웃었다. 표정이 어찌나 환한지, 얼굴에서 빛이 나는 것 같았다.

"널 데리러 왔어. 혼자 심심해서."

효조의 얼굴이 다시 까마귀처럼 변했다. 그 순간 교실 창밖에 등장한 까마귀 떼가 다급하게 유리창을 따다닥 쪼아 댔다. 유리창에 쩍쩍 금이 가기 시작했다.

"아, 안 돼!"

새원이는 남은 힘을 끌어모아 문을 열고 밖으로 도망쳤다. 뒤에서 다급한 발걸음 소리가 새원이를 쫓아왔다.

새원이와 효조는 일주일 차이로 태어났다. 같은 아파트에서 자라난 둘은 매일 붙어 다녔지만, 성격은 전혀 달랐다. 모험심이 뛰어난 효조는 뭐든 직접 해 보려고 했다. 조금 다치는

오류로 인해 재시작합니다

정도는 대수롭지 않게 여겼다. 효조와 비교하면 새원이는 겁이 많은 편이었다. 작은 벌레만 봐도 깜짝 놀라 호들갑을 떨며 폴짝폴짝 뛰었다. 효조는 그런 새원이를 형같이 돌봐 주었다.

새원이는 항상 효조의 등을 보며 따라갔다. 언젠가는 멀찍이 앞서 나가는 효조의 등에서 날개가 펼쳐지는 환상을 보기도 했다. 그날따라 효조는 아주 새하얀 옷을 입고 찬란한 햇빛 속으로 뛰어갔다. 너무 눈부신 햇살에 잘못 본 것이겠지만, 새원이는 그 장면을 오랫동안 잊을 수 없었다.

새원이는 중학생이 된 기념으로 효조와 함께 똑같은 손목시계를 샀다. 효조는 새로운 세계의 친구들을 빨리 만나 보고 싶다며 잔뜩 기대했지만, 새원이는 모르는 애들 사이에 있는 자신을 상상만 해도 가슴이 뛰며 불안해졌다. 그 불안은 얼마 지나지 않아 곧 악몽 같은 현실이 되었다.

새원이는 중학생이 된 뒤에도 다른 아이들보다 키가 작았다. 아이들은 자그마한 새원이를 꼬맹이나 난쟁이라고 부르며 놀려 댔다. 새원이도 처음에는 화를 냈지만, 애들은 새원이가 화내면 화낼수록 재미있어했다.

한번은 효조가 책상에 엎드려 있던 새원이를 일으켜 세웠다. 그러고는 새원이를 놀리는 애들을 쫓아다니면서 하지 말라고 화를 냈다.

"새원이가 싫어하잖아. 계속하면 선생님께 말씀드릴 거야."

효조는 아이들을 향해 허리춤에 손을 얹고 당당하게 말했다. 그런 효조가 멋져 보여서 새원이는 눈을 감았다. 너무 눈이 부셔서 효조를 정면으로 쳐다볼 수 없었다.

"그럼 네가 대신하면 되겠네."

모여 있는 아이들 사이로 어떤 아이의 말이 날카로운 표창처럼 날아들었다. 아이들은 서로 그 말이 맞다며 목소리를 높였다. 공격 대상이 순식간에 효조로 바뀌었다.

"너 얼굴이 왜 그리 까매? 검벌레지?"

"이름도 괴상해. 차라리 휴지라고 해."

"너 혼자 착한 척하지 마. 진짜 재수 없어."

"우리 반이 싫으면 다른 데로 꺼져."

효조는 새원이가 괴롭힘당할 때처럼 그만하라고 하지 않았다. 자기 등 뒤로 새원이를 숨겨 줄 뿐이었다. 새원이는 효조의 그림자 밖으로 나가지 못했다. 아이들의 놀림에서 벗어난 새원이는 그제야 자신이 숨을 쉬고 있다고 느꼈다. 어둠 속에서 빠져나오니 결코 놀림당하던 때로 돌아가고 싶지 않았다. 그래서 효조가 아이들에게 당하는 것을 보면서도 나서지 못했다. 새원이는 도저히 효조처럼 할 수 없었다.

새원이는 효조가 자신을 원망스러운 눈빛으로 바라보고 있

오류로 인해 재시작합니다

을 것만 같아 눈을 마주치지 못했다. 애써 고개를 숙이고 외면했다. 때때로 효조가 쳐다보는 것 같았지만, 새원이는 아무것도 안 보이는 것처럼 고개를 반대쪽으로 돌릴 뿐이었다.

그 후로 새원이는 잠을 이룰 수 없었다. 피부 위를 무언가가 기어다니는 것 같아서 밤새도록 뒤척거렸다. 밤에 잠을 못 자니 아침에도 안개 속을 걷는 듯 흐리멍덩한 기분이었다. 교실에 앉아 있어도 계속 꿈속에서 헤매는 기분이었다. 그렇게 시간이 흘러갔다. 그러던 어느 날, 엄마가 새원이의 손을 꼭 잡고 다독이며 말했다.

"놀라지 마. 효조가 교통사고를 당했어……."

새원이는 깜짝 놀라 병원으로 달려 갔다. 응급실에 누워 있는 효조는 어디에 사용되는지 알 수 없는 수많은 호스로 온몸이 칭칭 감겨 있었다. 효조의 엄마는 울먹거리며 말했다.

"효조가 아주 깊은 잠에 빠졌대. 언제 깨어날지 몰라……."

새원이는 모든 상황이 거짓말 같았다. 효조의 엄마가 미동도 없는 새원이의 손을 주무르며 조심스럽게 물었다.

"새원아, 네가 효조랑 가장 친하잖아. 뭐 들은 말 없니?"

새원이는 효조의 엄마를 바로 보지 못하고 눈동자를 이리저리 굴렸다.

"뭐, 뭘요?"

당장 그 자리를 벗어나고 싶었지만, 새원이의 발바닥은 땅에 붙어 버린 것 같았다. 효조 엄마는 슬픈 목소리로 나직하게 읊조리듯 말했다.

“요즘 효조가 좀 이상했거든.”

이어서 심호흡을 한 번 하더니, 떨리는 목소리로 물었다.

“우리 효조…… 다른 친구들이랑 무슨 문제라도 있었니?”

새원이는 고개를 푹 숙인 채 대답했다. 도저히 효조의 엄마를 마주 볼 수가 없었다.

“잘 모르겠는데요. 왜요?”

“주말이나 밤늦게 친구라는 애들이 효조를 자주 불러내더라고. 딱히 친한 애들 같진 않아서, 나는 새원이 너랑 함께 만나는 거라고 생각했는데. 아니었어?”

“네. 저 아니에요……. 요새 효조랑 별로 못 만났어요.”

새원이는 고개를 푹 숙이고 우물거렸다. 더는 할 수 있는 말이 없었다. 효조 엄마는 슬픈 얼굴로 중얼거렸다.

“어제 나갈 때 말렸어야 했는데…….”

새원이는 심장이 떨어지는 느낌이었다.

“어제…… 도요?”

효조 엄마는 고개를 끄덕였다.

“더 자세한 건 경찰이 조사해 주겠지? 지금은 효조가 깨어나기만 하면 좋겠구나."

새원이는 이대로 돌이 되어 굳어 버리면 좋겠다고 생각하면서 고개를 푹 숙인 채 나지막히 대답했다.

"저도요. 효조한테 해야 할 말이 있거든요."

어느 날, 새원이는 길을 걷다가 응급실에 있는 효조가 앓는 소리를 들었다. 그 순간, 효조의 생명이 끝나 버릴 것 같아 너무나 두려워 병원으로 달려갔다. 다행히 효조가 당장 위험한 것은 아니었다.

병원에서 집으로 돌아가는 길, 온몸에 힘이 빠진 새원이는 길 한복판에 주저앉아 버렸다. 그 뒤로 몇 번이나 멈춰 서서 그 자리에 가만히 서 있었다. 발이 너무 무거웠다. 발걸음은 병원에서 멀어질수록 가벼워졌다. 새원이는 그 가벼움이 싫어서 발에 잔뜩 힘을 주며 집까지 달려갔다.

새원이는 텅 빈 복도를 달리다가 갑자기 넘어졌다. 쫓아오던 까마귀 떼들이 일시에 달려들었다. 새원이는 수많은 까마귀가 부리로 몸을 쪼아 대는 아픔 속에서 효조를 떠올렸다.

"너희들, 내 친구 괴롭히지 마!"

효조의 목소리에 이어 갑자기 바람을 가르는 휘파람 소리가 들렸다. 그 소리를 따라 까마귀 떼가 어딘가로 날아갔다. 새원이의 눈앞에 효조가 서 있었다. 등 뒤로 보이는 밝은 빛에 눈이 부셨다.

"미안해."

새원이는 효조에게 꼭 하고 싶었던 말을 했다. 효조는 새원이의 팔을 잡아 일으켰다. 새원이는 온몸이 엉망으로 흐트러진 채로 효조를 마주 봤다. 효조의 얼굴에는 잔잔한 미소만이 떠올라 있었다. 원망하거나 화내는 기색은 전혀 없었다.

"마지막 인사를 하고 싶었어."

효조의 등 뒤에서 까만 날개가 펼쳐지더니 키가 점점 작아졌다. 새원이는 효조와 이대로 헤어지고 싶지 않았다. 새원이는 효조의 팔을 붙잡으며 고개를 세차게 흔들었다. 눈물 때문에 효조의 모습이 잘 보이지 않았다.

"이제 괜찮아. 다 잊어버려……."

효조가 새원이의 눈에 손바닥을 갖다 댔다. 효조의 손이 너무나 차가워서 몸이 부르르 떨렸다. 얼굴에서 차가운 기운이 사라지자 새원이는 정신을 잃었다.

오류로 인해 재시작합니다

✦✦✦

학교 교실에서 깨어난 새원이는 고개를 갸웃거렸다. 자기 자리에 앉아 손목시계를 확인하니 6시 45분이었다. 새원이는 자신이 왜 이렇게 이른 시간에 학교에 왔는지 아무리 고민해도 알 수 없었다.

그때 복도를 다급하게 달려오는 발소리가 점차 커졌다. 그리고 한 아이가 교실 문을 쾅 열었다. 까무잡잡한 얼굴에 새원이보다 키가 작은 아이였다.

"안녕? 나보다 더 빨리 온 사람이 있었네?"

"아, 안녕?"

오랫동안 말을 하지 않은 것처럼 새원이의 목은 잠겨 있었다. 반 친구에게 처음 건네는 인사였다. 생각처럼 어렵지는 않았다. 아이는 새원이에게 다가오며 해맑게 웃었다.

"나는 효조야. 그런데 우리 어디서 만난 적 있나? 왜 이렇게 낯이 익지?"

아이의 목소리는 꼭 까마귀 울음소리 같았다. 거칠게 쉬어 버린 목소리였지만 또박또박 울리는 발음이 새원이의 귀에 쏙쏙 박혔다.

"나도 네가 낯설지 않아. 어? 나랑 똑같은 시계다."

새원이의 말에 효조가 왼쪽 팔을 내밀었다. 새원이도 손목시계를 흔들며 효조와 마주 보고 웃었다. 교실 창문으로 아침 햇살 한 줄기가 비쳐 들었다.

새 메일이 도착했습니다

굳게 닫힌 방문을 열자 눈앞에 장관이 펼쳐졌다. 벽면은 빼곡한 담쟁이덩굴에 덮여 있었다. 네 벽면, 천장과 바닥, 모든 곳에. 방 안 가득 녹색 식물의 파릇파릇하고 신선한 향이 차 있었다. 오랫동안 식물을 키워 온 수림도 이처럼 완벽하게 '숲' 같은 방은 본 적이 없었다. 수림은 옆에서 머리를 긁적이고 있는 남자에게 황당한 얼굴로 물었다.

"대체 어떻게 된 일이에요? 이런 건 난생처음 봐요."

"그러니까 널 부른 거지. 어디에서부터 손대야 할지 모르겠거든. 어떻게 좀 안 될까?"

수림이 어이없다는 표정으로 어깨만 으쓱이자, 남자는 엄지를 들어 올리며 난처한 듯 미소 지었다.

"넌 식물을 다루는 초능력을 가졌잖아. 기적의 아이니까."

수림은 한숨을 푹 쉬며 고개를 절레절레 흔들었다. 아파트 베란다에서 떨어진 아이가 때마침 돌풍이 불어 휘어진 나무에 걸려 살아난 것은 순전히 우연의 산물이었다. 그런데 사람들은 기적이라며 난리를 쳤다. 아무리 아니라고 해도, 다들 그냥 자기 멋대로 믿어 버렸다.

수림은 '기적의 아이', 혹은 '식물을 조종하는 초능력자' 같은 엉터리 기사를 믿을 사람은 없다고 생각했지만, 사람들은 별다른 의문 없이 '식물 초능력자'라는 설명을 받아들였다. 덕분에 식물도 잔뜩 키우게 되었다. 사람들이 자꾸 화분 선물을 주는 탓이었다. 아니면 죽어 가는 식물 화분을 살려 달라며 떠맡기고 가 버리거나. 떠맡은 식물은 보통 얼마 지나지 않아 말라 죽어 버렸다.

"그런 능력 없다니까요."

남자는 수림의 어깨를 툭툭 두드렸다.

"에이, 그러지 말고. 넌 이 방에 있던 아이가 걱정되지도 않아? 빨리 아이를 찾아야 하잖아."

남자가 수림을 찾아온 건 어제 오후였다. 그는 자신을 형사라고 소개하며, 실종된 아이의 방 전체를 담쟁이덩굴이 하루

만에 휘감아 버렸다고 말했다. 수림은 진지한 태도로 황당무계한 말을 해 대는 남자가 의심스러웠다. 솔직히 미심쩍어하며 따라왔는데, 이런 광경을 보게 될 줄이야.

아이 집은 야트막한 산 중턱에 지어진 작은 단층 건물이었다. 다행히 바로 앞까지 포장도로여서 차로 올라갈 수 있었다. 판자로 지어진 집은 장마철에 쏟아진 비 때문에 땅에 닿은 나무줄기가 썩어 가는 상태였다. 이런 곳에 사람이 살고 있으리라고는 생각되지 않았다.

수림과 형사가 도착하고 얼마 지나지 않아 아이 아버지라는 사람이 나타났다. 물이 다 빠져 연녹색으로 보이는 점퍼에 흙이 묻어 더러워진 통 넓은 바지를 입고 있었다. 군화 같은 신발은 진흙투성이었다. 아이 아빠가 걸음을 뗄 때마다 신발 밑창에서 흙이 뭉텅이로 떨어졌다. 신발을 벗고 집 안에 들어온 아이 아빠는 힘이 빠진 듯 방바닥에 털썩 주저앉았다. 자기 머리를 매만지는 손길이 무척이나 거칠었다.

“여기 뭐 좀 나왔나?”

형사는 고개만 저을 뿐 아무 대답도 하지 못했다.

“씨발, 대체 수사는 제대로 하고 있는 거야? 알아낸 게 하나도 없잖아?”

험악한 언사에 형사가 눈썹을 찌푸리면서도 무심한 말투로 대꾸했다.

"우리도 열심히 수사하고 있습니다. 뭔가 있으면 바로 이야기할게요. 뭐, 어디서 연락 온 건 없죠?"

그는 옆에 있던 수림의 소매를 잡아끌며 밖으로 나가자는 듯 고갯짓을 했다. 아이 아빠가 다시 소리를 질렀다.

"참나, 그런 게 있으면 이러고 있을 것 같아? 애가 없어졌다는데, 단순 가출로 무시해 시간을 낭비한 게 문제잖아! 수사가 늦어져서 이렇게 단서조차 못 찾고 있고! 걔 못 찾으면 모두 다 당신들 탓이야!"

수림은 등을 밀며 자신을 집 뒤편으로 데리고 가는 형사에게 물었다.

"실종 신고를 받고 바로 수사에 들어간 게 아닌가요?"

형사는 한숨을 내쉬었다.

"뭐, 그렇게 됐어. 악성 민원인이라 블랙리스트에 올라가 있었거든. 주변에 다른 민가도 없고, 산 밑으로 내려가려면 아이 걸음으로 반나절은 걸리니까, 산에서 길을 잃었나 보다 생각한 거지. 실제로 몇 번 그런 일이 있었고 말이야. 어쨌든 벌써 일주일이나 지나 버렸으니 수사가 어려운 게 사실이야. 언론에도 알렸지만 목격자 제보도 없어. 지금 우리에게 주어진 건 아이 방에 남아 있는 담쟁이덩굴뿐이지."

수림은 고개를 갸웃했다.

"아이가 실종되고 하루 만에 방이 저렇게 됐다고요?"

형사가 무거운 목소리로 대꾸했다.

"저 아버지란 양반이 신고한 기록에 의하면 그래. 신고받은 경찰은 미친 사람이 헛소리한다고 생각했나 본데, 보다시피 …… 아, 다 왔군. 이것도 봐 줘."

형사가 몸을 비키며 보여 준 광경도 아이의 방과 마찬가지로 기괴하기 짝이 없었다. 세상에 이런 일이 어떻게 일어날 수 있는 건지, 수림은 자기 눈으로 보면서도 믿을 수 없었다.

"대체 이게 뭐죠?"

형사가 끙 소리를 냈다.

"그게 바로 우리가 묻고 싶은 거야. 여긴 이틀 전에 수사하면서 찾았어. 사흘 전부터 형사들이 와서 살펴봤는데. 여기까지 이렇게 되어 있는 줄은 몰랐어. 급하게 여러 전문가를 불러 봤는데, 다들 잘 모르겠다고 하더군. 근처에 네가 있다길래 지푸라기라도 잡는 심정으로 부탁한 거야. 이걸 해결하면 아이도 찾을 수 있지 않을까 싶어서 말이야."

눈앞의 광경에 온 신경을 빼앗긴 수림은, 형사의 말을 귓등으로 흘리며 고개를 살짝 끄덕였다. 개들이 사육되는 곳이었다. 개밥을 언제 주었는지 여기저기 빈 그릇이 나뒹굴었고, 바람 빠진 공들은 흙먼지를 뒤집어쓴 채 이리저리 굴러다녔다. 숲 쪽으로 둘러 처진 철조망에 담쟁이덩굴이 엉겨 있었다. 그리고 그 아래에는…… 개들이 누워 있었다. 아니, 담쟁이덩굴을 몸에 뱅뱅 감고 땅바닥에 널브러져 있었다. 멀리 떨어져 있는데도 어쩐지 오싹한 기운이 느껴지는 광경이었다. 수림은 조심스럽게 물었다.

"개들이 죽었나요?"

형사는 고개를 끄덕였다.

"저기 담쟁이덩굴 줄기만 있는데 보이지? 저기에도 개 한 마리가 있었거든. 죽은 개를 처리하려고 했는데, 개를 감은 덩굴이 너무 강해서 떼어 낼 수가 없는 거야. 그래서 덩굴을 잘랐거든? 근데 그 순간 덩굴이 살아 있는 것처럼 몸을, 아니 줄기를 움츠리는 거야. 전에 본 게 있는데. 뭐더라? 완전히 살아 있는 것처럼 만지면 갑자기 잎사귀를 팍 오므리는 식물이 있었는데……."

형사가 인상을 찌푸렸다. 수림은 덤덤하게 말했다.

"신경초요?"

"아, 맞아! 그거야. 근데 담쟁이덩굴도 그럴 수 있나? 그때 사람들이 너무 놀라서 다른 건 자를 엄두도 못 내고 있어. 개들처럼 저주받을지도 모른다는 말이 떠돌거든. 개들 뼈가 부러졌다고 하던데, 투견으로 길러진 것 같아서 너무 이상하단 말이지. 어떻게 생각해? 식물이 살아 있는 동물을 저렇게 잡아서 뼈까지 부러뜨릴 수도 있는 거야?"

형사는 정말 궁금하다는 눈빛이었다. 수림은 형사의 눈빛이 부담스러워 무슨 말이든 하려고 입술을 달싹거렸다.

"솔직히 이런 경우는 처음 봐요. 담쟁이덩굴이 개를 잡는다니, 무슨 판타지 영화도 아니고……. 실제로 일어난 일이라는 게 믿기지 않아요. 주변을 좀 더 살펴봐야겠어요."

형사는 선선히 고개를 끄덕였다.

"그래, 그렇게 해. 근데 진짜 이 담쟁이덩굴 좀 어떻게 해 줄 수 없나? 다들 꺼림칙해서 손도 못 대고 있거든. 진짜 곤란해서 죽을 지경이야."

형사는 이마의 땀을 닦아 내며 연신 어색하게 웃었다. 수림은 형사가 아이를 찾아 줄 사람이 아니라 담쟁이덩굴을 잘라 줄 사람으로 자신을 불러왔구나 싶어 기분이 상했지만, 담쟁이덩굴에 호기심이 이는 것도 부정할 수 없었다. 수림은 가위를 받아 담쟁이덩굴 앞으로 나섰다. 어디서인지 구경꾼들이 하나둘 나타났다. 모여든 사람들이 보내는 호기심 어린 눈빛이 부담스러웠다.

담쟁이덩굴은 철조망을 지나쳐 우거진 숲 너머로 길게 뻗어 있었다. 어떻게 며칠 사이에 철조망까지 넘어온 것인지 상상도 되지 않았다. 수림은 '숲으로 가 봐야 하나' 생각하며 망설임 없이 담쟁이덩굴을 잘랐다. 수림의 과감한 손짓에 누군가 "헉!" 하고 숨을 들이켰다.

그 순간 고무줄이 튕기듯 덩굴의 줄기가 순식간에 철조망을 넘어가 반대편 땅에 털썩 떨어졌다. 일반적인 식물에서는 볼 수 없는 탄성이었다. 신경초와는 비교도 할 수 없었다. 연이어 잘린 줄기들이 철조망 너머로 툭툭 잘도 넘어갔다. 수림은 유전자가 조작된 변형 식물일지도 모른다는 생각이 들었다. 그런 게 아니라면 이런 움직임을 보일 수는 없을 테니까.

덩굴을 모두 자르자마자 뒤에서 안도의 한숨과 함께 박수 소리가 크게 들려왔다. 담쟁이덩굴이 그들에게 얼마나 큰 공포였는지 느껴졌다.

형사가 물방울이 송골송골 맺힌 차가운 생수를 건넸다.

"고생했어. 이거 좀 마실래?"

둘은 근처에 사무실처럼 만들어 놓은 천막 아래로 향했다. 수림은 그늘에 앉아 시원한 물로 목을 축였다. 긴장했었는지 목이 바싹 말라 있었다. 그때 형사가 사진 한 장을 건넸다.

"어디 나무인지 알겠어?"

근처 암자에 있는 나이가 오백 년이나 되었다는 쌍향수였다. 두 그루가 쌍으로 자라면서 줄기가 서로에게 한 몸이듯 꼬여 있는 나무. 얼마 전, 수림은 암자에서 지내는 스님의 요청으로 식물 전문가와 함께 쌍향수를 찾았었다.

치료가 필요할 정도로 줄기가 마르고, 가을이 아닌데도 잎사귀가 노랗게 변해 있는 쌍향수를 검사해 보니 독성 강한 금속 때문에 영양 섭취가 되지 않는 게 문제였다. 동전을 떨어지지 않게 붙이면 소원이 이루어진다는 전설 때문에, 쌍향수 기둥에 무수한 동전이 다닥다닥 달라붙어 있었던 것이다. 그중에는 접착제나 테이프로 붙어 있는 동전도 많았다. 일주일에 한 번씩 나무를 정리했지만, 오랫동안 지속된 행위로 나무는 점점 병들어 갔던 것이다.

설명을 마친 전문가는 나무에 영양제 주사를 놓으며 상태를 관찰했다. 암자 스님은 할 일이 없어 멀뚱히 서 있는 수림에게 병든 나무에 자주 찾아오던 어떤 남자아이 이야기를 해주었다.

스님은 매일같이 찾아와서 쌍향수 주위를 맴도는 남자애가 어디 사는지 궁금했다고 한다. 암자 주변에 인가가 별로 없었기 때문이다. 그래서 가끔 무심한 척 물어봤지만, 아이는 멀뚱히 쳐다만 볼 뿐 아무 대답도 하지 않았다. 스님은 항상 대답을 기다리다 민망해져서 헛기침하며 돌아섰다.

그날도 남자애는 나무 주위에 돌을 쌓으면서 자기 손이 닿는 범위에 붙어 있는 동전들을 떼어 내고 있었다. 하지 말라고 혼내도 소용없었다. 스님은 답답한 마음을 추스르며 남자애에게 말했다.

"다른 사람이 붙여 놓은 동전을 떼어 내면 되겠느냐?"

대답을 기대하지는 않았는데, 이번에는 남자애가 짤막하게 답했다.

"나무가 아파해요."

무슨 말인지 더 물어보려고 했지만, 남자아이는 대답을 마치자마자 재빨리 달아났다. 스님은 이제야 남자아이가 왜 그렇게 말했는지 이해하겠다며 고개를 끄덕였다.

나무줄기에 손바닥을 갖다 대며 눈을 감고 집중하자 수림도 줄기에서 쿵쿵 작은 진동을 느낄 수 있었다. 그게 나무에서 울리는 건지, 아니면 수림 자신의 심장 박동 소리인지 구분하기는 힘들었지만 말이다.

사실 수림은 식물에 대해 잘 알지 못했다. 사람들의 시선 때문에 식물과 가까이 지내면서 공부를 시작했지만, 이게 다 무슨 짓인가 싶을 때가 많았다. 수림은 남자애가 어떻게 나무의 상태를 알았는지 궁금했다. 그때는 나무의 병이 겉으로 드러나지 않은 상태였는데, 도대체 어떻게 알았을까?

수림이 쌍향수에 대해 생각하고 있는데, 우렁우렁한 형사 목소리가 들렸다.

"실종된 아이가 이 나무 주변에 자주 찾아와서 놀았대. 쌍향수 근처에다 돌도 쌓고 말이야. 그런데 여기서도 아이 실종에 대한 단서를 찾을 수 없었어. 식물 초능력자니까 나무한테 아이에 대한 것 좀 물어봐 줄 수 없어?"

수림은 어이가 없어 못 들은 척 형사를 외면했다. 형사는 그런 수림의 반응에 개의치 않고 말을 이었다.

"근데 있잖아. 여기 나무 밑동에 뭐가 찍혀 있는 것 같지 않아? 나는 그게 꼭 아이 손자국 같더라고. 그 아이가 이 나무 밑동에서 잠을 자주 잤대. 스님이 방에 들어와서 편하게 자고 가라고 해도 거기가 편하다고 고집을 부렸다는데. 어제 그쪽을 돌아다니다 이걸 찾았어. 어쩐지 특별해 보이지 않아?"

형사가 나뭇잎 한 장을 내밀었다. 나뭇잎 중앙에 묻은 얼룩이 꼭 아이의 손바닥 자국 같아 보였다. 수림이 아무 말도 없자, 형사가 뒷머리를 긁적거렸다.

"나만 그렇게 보이나?"

수림은 아이의 방 한가운데 서서 이곳저곳 둘러보았다. 어디선가 바람이 불어와 담쟁이덩굴을 흔들었다. 그 순간, 수림

쪽으로 담쟁이덩굴 잎사귀 중 하나가 떨어져 내렸다. 수림은 발밑에 떨어진 잎사귀를 주웠다. 거기에는 글자가 쓰여 있었다. 아니, 글자 형태로 노랗게 단풍이 들어 있었다. 원래라면 가장자리부터 말라 갈 텐데, 이 나뭇잎은 일부러 가운데부터 물들인 것 같았다. 하지만 누가? 어떻게? 불가능한 일이었다. 혼란스러워진 수림은 잎사귀를 뚫어져라 바라보았다.

수림의 손에 들린 잎사귀에 새겨진 글자는 '요'였다. 수림은 혹시 모르니 다른 게 더 있나 찾아봐야겠다고 생각하고 방 안 곳곳을 훑어보았다. 그때 형사가 담쟁이덩굴을 헤치며 안으로 들어왔다.

"뭐 해? 하도 안 나오길래 너도 담쟁이덩굴에 잡아먹힌 줄 알았다."

"글자가 써진 잎이 있으니까, 함께 찾아봐요."

수림은 형사에게 잎사귀를 보여 주며 반대쪽으로 보냈다. 한참 동안 무릎이 아플 정도로 구석구석 훑은 끝에 모두 다섯 장의 나뭇잎을 찾아냈다. 두 사람은 글씨가 적힌 나뭇잎들을 이리저리 바닥에 늘어놓았다.

도	와	주	세	요.

드디어 말이 되는 문장이 완성되었다. 위험에 처한 사람의 메시지가 분명했다. 아이가 더 걱정스러워지는 상황이었다. 수림이 형사에게 말했다.

"서둘러야겠어요."

형사는 수림이 장난치는 게 아닌가 의심스러워하는 눈으로 중얼댔다.

"이게 실제 상황이라고?"

"방이 하루 만에 담쟁이덩굴에 둘러싸인 걸 보면 이런 일도 일어날 수 있는 거 아니에요? 이렇게 의심할 거면 왜 데려온 건데요? 저도 바쁘다고요."

수림이 투덜거렸더니, 형사는 뒷머리를 긁적이며 수사해 보겠다고 말했다. 다시 아이의 방으로 돌아온 수림은 주변을 둘러보았다. 그사이 식물들은 더 많이 자라 있었다. 방은 말 그대로 울창한 숲이었다. 발 디딜 틈도 없었다. 수림은 벽을 타고 천장까지 올라간 줄기에 등을 기대고 앉았다.

'아이는 이 방에서 어떻게 지냈을까? 지금 대체 어디에 있는 걸까?'

아이가 위급한 상황이라고 생각하니 스스로가 너무나 무기력하게 느껴졌다. 누가 나타나 이제 어떻게 하면 좋을지 가르쳐 주면 좋겠다는 마음이 들었다.

멍하니 있던 수림의 볼에 갑자기 서늘한 기운이 닿았다. 그러면서 바스락거리는 소리가 들렸다. 수림은 몸을 일으켜 소리가 나는 곳을 찾았다. 어두운 방 안으로 늦은 오후의 햇살이 희미하게 비쳐 들고 있었다. 반대편 벽 창문 주위로 담쟁이덩굴 줄기가 뻗쳐 들어오고 있었다. 얼마나 많은 줄기가 들어오려고 안간힘을 쓰는지, 창문 주변 벽에 금이 갈 정도였다.

수림은 발로 벽을 차 보았다. 벽은 금방 부서지고 말았다. 부서진 벽 너머, 담쟁이덩굴 사이로 작은 틈이 보였다. 힘겹게 빠져나간 수림은 담쟁이덩굴을 따라 올라가 보았다. 산 위로 올라갈수록 줄기는 점점 더 굵어졌다.

10분 정도 걸었을까? 녹음이 짙은 숲 안쪽으로 황량한 공터가 눈에 띄었다. 공터에는 몇백 년도 더 된 것 같은 거대한 은행나무가 벼락이라도 맞은 듯 새까맣게 타서 쓰러져 있었다. 몇 겹의 담쟁이덩굴이 둘러싸고 있는 밑동은 마치 수풀로 만들어진 새의 둥지 같았다. 세상의 그 어떤 세찬 비바람도 뚫고 들어가지 못할 정도로 단단해 보였다.

수림은 그곳으로 다가갔다. 가까이 다가갈수록 서늘한 기운이 몸을 감쌌다. 오싹한 한기에 어깨를 움츠리고 팔로 몸을 감쌌다. 밑동 안에는…… 담쟁이덩굴을 이불 삼아 덮은 채 핏기 없는 얼굴로 편안하게 잠든 남자아이가 있었다.

그날 밤, 아이 아빠가 자수했다. 며칠간 잠을 설친 사람처럼 눈이 퀭하고 머리도 헝클어진 그는 아이가 실수로 머리를 부딪쳐 죽었다고 진술했다. 그렇게 마무리되는 듯 보이던 사건은, 부검으로 반전을 맞았다. 아이의 팔다리가 부러져 있었던 것이다. 경찰은 주변 진술을 토대로 아빠가 아이를 때려 죽였다고 보고 증거를 찾았다.

아이의 얼굴은 살아 있는 것처럼 말갛게 보였지만, 다른 부분은 부패가 진행되고 있었다. 부패 정도로 파악한 아이의 사망 시점은 최소 2주 전이었다. 2주일 전, 사건을 저지른 직후 바로 집을 떠나 여기저기 돌아다니다 일주일 만에 집으로 돌아온 아이 아빠는 숲으로 변해 있는 방과 맞닥뜨렸다. 그걸 보고 "하루 만에 숲이 되었다"라고 신고한 것이다.

아이 아빠는 정신 이상 감정을 받았다. 아이가 예전부터 자신을 죽이려 했다는 헛소리를 늘어놓았기 때문이다. 아이가 식물을 이용해 자기 목숨을 위협했다나 뭐라나. 자기 행동은 살아남기 위한 정당방위였을 뿐이라고 주장했다. 사람들은 자기 자식을 죽여 놓고 끝까지 아이 탓으로 돌리는 죽일 놈이라고 욕했다.

한참의 시간이 흘러 교도소에서 다시 세상에 나온 아이 아빠는 오랫동안 방치돼 부서지기 직전인 집으로 돌아갔다. 그리고 인기척에 그 집에 들어가 본 동네 사람이, 담쟁이덩굴에 결박된 채로 아이의 방에서 죽어 있는 남자를 발견했다. 만세하듯 두 팔을 하늘로 뻗은 자세였다. 심하게 발버둥 쳤는지 담쟁이덩굴이 남자의 살을 파고들었다. 남자는 무언가 말하고 싶었던 듯 입을 벌리고 있었지만, 무슨 말을 하려 했는지는 알 수 없었다.

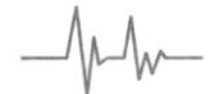

아이 아빠의 자수 이후 3일이 지났다. 형사가 수림을 찾아왔다. 수림은 형사를 따라 화장장에 갔다. 아이 곁에는 화장장 관계자 말고는 아무도 없었다. 날씨가 너무나 좋았다. 파란 하늘 아래 더위를 식혀 주는 바람이 불어왔다. 나뭇잎들이 바람에 흔들리는 소리가 모든 걸 씻겨 주는 듯 시원하게 들렸다. 수림은 아이의 고통이 얼마나 컸을지 조금은 이해했다. 자신도 가정 폭력 때문에 아파트 밖으로 내던져진 아이였으니까. 자신은 운 좋게 살아남은 아이일 뿐이었다.

형사는 수림의 얼굴을 보지도 않고 한 마디 툭 던졌다.

"너 정말 식물 초능력자더라. 이번 사건 해결에 큰 도움을 받았어. 고맙다."

수림은 이제 그런 게 아니라고 말하는 것도 지쳤다. 추락하는 자신을 나무가 받아 준 순간, 운명이 바뀐 건지도 몰랐다.

'나무가 나를 선택한 건 아닐까?'

바람이 불지 않는데도 때마침 나뭇가지들이 흔들렸다. 설마……. 수림은 다른 사람들처럼 착각하지 말자고 생각했다. 죽은 아이야말로 진짜 식물 초능력자였을 것이다. 식물이 자신을 위협했다는 아이 아빠의 말은 진실일지도 몰랐다.

화장된 아이는 까맣게 타 버린 은행나무 밑동에 뿌려졌다. 수림은 시간이 날 때마다 그곳을 찾아가 노랑 달맞이꽃을 놓아 주었다.

"이 꽃말처럼 널 기다릴게."

세찬 소나기가 내리고 난 후, 메말랐던 나무 밑동에서 어느새 파릇파릇한 새싹이 돋아났다.

아바타가
감염되었습니다

요즘 인터넷 방송 콘텐츠의 핵심은 획기적인 아이디어다. 누구도 생각지 못한 아이디어를 먼저 찍어서 올리는 것이 중요하다. 이 때문에 고민하던 중에 기똥찬 생각이 반짝 떠올랐다. 다음 날, 나는 등교하자마자 내 책상 주변 아이들에게 초콜릿을 건네며 밖에 좀 나가자고 했다. 성장기 아이들은 항상 배고픈 법이니까. 아이들은 초콜릿을 입에 넣으며 졸졸 따라 나왔다.

"이거 맛있다. 안에 들어 있는 건 뭐야?"

"우아! 이거 술 아니야?"

나는 아이들의 눈이 반짝거리는 걸 흐뭇하게 바라봤다.

"너희들 이거 더 먹고 싶지?"

순진한 아이들은 고개를 끄덕였다.

"맨날 먹으면 죽이겠지?"

내 말에 아이들은 벌린 입을 다물지 못했다. 훗, 예상한 반응이었다.

"초콜릿도 있지만, 아주 맛있고 비싼 것도 원 없이 먹을 수 있는데……."

세 명의 아이들이 눈을 크게 뜨고 관심을 보였다. 그중 한 아이가 말까지 더듬으며 소리쳤다.

"지, 진짜? 그럼 유튜브에 나오는 파인 다이닝 레스토랑도 갈 수 있어?"

그거 하나 제대로 말을 못 하다니. 쯧쯧.

"내 말대로 하면 마음껏 먹을 수 있지."

세 명의 아이들이 눈을 동그랗게 뜨고 동시에 외쳤다.

"어떻게?"

아이들은 눈을 번뜩이며 멱살이라도 잡을 기세로 내게 달려들었다.

"워워, 잠시 진정들 하시게."

셋은 안달복달했다.

"뭔데?" "아, 빨리 말하라고."

나는 급할 것 없다는 듯이 먼 산을 바라보며 하품했다.

"뭐냐고?"

아이들의 분노 게이지가 상승했다. 바로 이때다!

"바로 만 원. 그것만 내면……."

한 아이가 먹던 빵을 바닥에 패대기치며 말했다.

"썅, 너 우리 삥 뜯냐?"

콧구멍에서 코뿔소처럼 힘찬 콧김이 뿜어져 나오는 것 같았다. 나는 미련 없이 몸을 돌렸다.

"듣기 싫으면 말고."

아이들의 얼떨떨한 얼굴이 눈에 보이는 듯했다. 한 걸음, 두 걸음, 세 걸음……. 엄지와 중지를 부딪쳐 딱 튕겼다. 지금이다!

"아니……." "잠깐만!"

두 명이 양쪽에서 내 팔을 잡았다. 콧김을 내뿜던 녀석이 버럭 소리를 질렀다.

"너희들 뭐 하는 거야?"

내 팔을 잡은 아이들이 그 아이를 설득했다.

"야, 이야기만이라도 들어 보자."

"그래. 우리가 손해 볼 건 없잖아."

녀석은 흥, 콧방귀를 뀌었다.

"시간 아깝잖아."

오, 생각 좀 하는데? 그래. 넌 이제부터 1호다.

"됐어. 나도 시간 낭비하기 싫다."

나는 아이들의 손을 뿌리쳤다. 이때의 포인트는 아이들이 내 팔을 계속 붙잡고 있을 만한 힘과 속도의 유지다.

"우릴 끌고 나왔으면 끝까지 말은 해 줘야지."

"그래. 우리가 뭐가 되냐?"

아무것도 아니지. 내가 아니면 말이야. 이쯤에서 못 이기는 척 엉덩이를 들이밀어 볼까? 아! 그전에 먼저 정리해야겠다. 나는 뒤로 돌며 슬며시 1호와 눈을 마주쳤다. 내 눈길에 다른 아이들도 1호를 응시했다. 이럴 때는 그저 가만히 쳐다보고 있는 게 상책이다. 1초, 2초, 3초…….

"아, 뭐! 어쩌라고?"

너의 그 꼿꼿한 꼬랑지를 어서 가랑이 사이로 밀어 넣으란 말이다.

"듣고 싶어?"

나는 1호의 완벽한 항복이 필요했다. 다시는 내게 반항하지 못할 1호만의 똥개 훈련이다. 대답해!

"그냥 들어 보기나 하자."

"지금 할 일도 없잖아."

다른 애들이 1호의 팔을 잡고 흔들었다.

"너는 맨날 네 마음대로 하더라."

"듣기 싫으면 너 혼자 가."

얼굴이 벌게진 1호는 뒤로 돌아가 나무 벤치에 앉았다. 이 정도면 패배를 인정한 셈이다. 오늘은 일단 이 정도로 봐주기로 마음먹었다.

나는 되돌아가 벤치 앞에 팔짱을 끼고 당당하게 섰다. 두 명은 내 뒤를 따라와 벤치 끝에 앉았다. 나는 가만히 아이들의 얼굴을 쳐다봤다. 내려다보는 구도가 마음에 들었다. 아이들은 내 말을 한마디도 놓치지 않으려고 숨소리도 내지 않고 집중했다. 귀를 쫑긋 세우는 아이들이 귀여워 보였다. 1호도 얼굴을 슬며시 들이밀었다.

"내 말 잘 들어. 지금부터 너희들은 만 원씩 낼 거야."

아이들은 인상을 찌푸렸다.

"뭐라고?"

"더 들을 것도 없네."

"돈 벌게 해 준다면서, 우리 보고 돈을 쓰라고?"

돈 만 원에 벌벌 떠는 꼴이 한심했다.

"돈을 벌려면 투자를 해야지. 투자를!"

내 말에 벤치 끝에 있던 아이가 작은 소리로 말했다.

"아니. 그래도 만 원은 너무 비싼……."

"많이 투자해야 많이 돌려받지. 하이 리스크 하이 리턴High Risk High Return, 고위험 고수익 몰라?"

아이들은 이해가 안 되는 표정이면서도 고개를 끄덕였다. 멍청한 표정의 아이들이 귀여웠다. 나는 적당한 놈들을 고른 내 안목에 감탄하며 말을 이었다.

"이제 게임 하나를 할 거야. 아주 쉽고 어디서나 할 수 있는 게임이지. 이긴 사람이 돈을 모두 가져가는 거야."

"에이, 그게 뭐야?"

뭘 모르는 1호가 불만을 토로했다. 자식, 반항하긴. 나는 고개를 절레절레 흔들었다.

"간단한 게임으로 얼마나 쉽게 돈을 벌 수 있는데."

아이들은 서로의 눈을 쳐다보았다. 그래. 스마트폰 게임만 하는 너희들이 뭘 알겠냐? 나는 차분하게 설명했다. 간단한 만큼 더 쉽게 빠지는 게 포인트였다.

"너희들이 먼저 게임을 하면 아이들이 몰려들 거야. 그러면 너희들은 애들한테 돈을 걸어서 게임만 관리하면 돼."

아이들은 고개를 갸웃거렸다.

"무슨 게임인데?"

걸려들었다! 나는 씩 미소를 지었다.

"사실 어떤 게임이든 상관없어. 사다리 게임이나 홀짝 게임으로도 할 수 있지. 중요한 건 그 게임에 걸린 돈이야. 다른 애들도 게임이야 할 수 있지만, 너희들이 걔들과 다른 건 게임을 관리할 수 있는 자본이 있다는 점이야."

1호가 불퉁하게 질문했다.

"게임이 안 중요하다니? 그럴 거면 게임을 왜 해?"

충분히 예상 가능한 반응이었다.

"생각해 봐. 돈 만 원이 한순간에 10만 원이 되어 돌아온다면 어떻겠어?"

1호는 깜짝 놀랐다.

"우리가 돈이 어디 있어서?"

나는 아이들을 검지로 가리켰다.

"그게 바로 포인트야. 내가 너희들한테 투자할 거거든."

아이들은 내 말을 이해하지 못하고 눈만 끔뻑끔뻑했다.

"내가 너희들한테 1등이 받게 될 상금을 줄 거야. 아이들한테 그걸 보여 주면서 게임을 제안하는 거지. 1등을 한 사람만 받을 수 있는 상금이 있다면서."

"에이, 그럼 우리한테 남는 건 뭐야?"

벤치 끝에 있는 아이가 입을 삐죽 내밀었다. 능력은 없으면서 욕심과 불만만 많은 아이라는 걸 알 수 있었다. 일을 믿고 맡길 수는 없지만, 돈이 걸려 있으면 가장 열심히 아이들을 모아올 타입이기는 했다. 저렇게 탐욕스러운 아이도 있어야 일이 제대로 굴러가겠지.

"너희들은 아이들한테 참가비를 받으면 돼. 참가비 절반을 너희들이 가지는 거야. 만 원에서 오천 원은 최종 승자에게 주는 상금에 포함되고, 나머지 오천 원은 너희들 이익금이야. 처음에 필요한 돈은 내가 채워 줄 테니까. 걱정하지 말고."

"열 명이 게임에 참여하면 상금 1만 원에 5만 원이 들어가고. 나머지 5만 원은 우리가 가지면 된다고? 그럼 너는 손해만 보는 거 아냐? 상금은 항상 모자라게 되잖아."

역시 1호는 머리가 좀 돌아갔다.

"내가 남는 게 돈이거든. 재미만 있으면 그 정도 돈은 껌이야. 뭐, 내 재미를 위한 투자라고 할 수 있지."

아이들은 똥 씹은 얼굴이 되었지만, 사실인데 뭐 어쩌란 말인가. 아이들은 잠시 서로의 눈치를 살폈다. 내 의도를 알아채려고 열심히 머리를 굴리는 모양새였다. 그런다고 뱁새가 황새의 뜻을 알까 싶지만, 그렇게 고민스럽다면 내가 대신 결정하게 해 줘야지.

"생각 없으면 됐다. 뭐, 하고 싶어 할 애들은 많으니까."

나는 팔짱을 풀고 돌아가려고 했다. 이럴 때는 미련 없는 모습을 보여 주는 것이 중요했다. 그때 한 아이가 소리쳤다.

"자, 잠깐!"

나는 못 이기는 척 뒤돌아섰다.

"나는 시간이 많지 않아. 할 건지 말 건지 빨리 결정해."

"좋아. 나중에 딴소리하기 없기야."

1호가 서둘러 자리를 정리했다. 그래. 너희들은 돈만 받으면 그만이니까 복잡하게 생각할 필요 없어. 나는 교실로 돌아가는 아이들을 보며 고개를 끄덕였다. 1호 뒤를 따라가는 2호와 3호. 제발 나 좀 재미있게 해 줘. 알았지?

어릴 때 과자 부스러기에 모여든 개미 떼들을 삽으로 떠서 물이 담긴 양동이에 부어 버린 적이 있었다. 개미들은 물에 잠겨 버둥거리다 죽어 갔다. 내게는 그 모습이 마치 물에 빠진 채 돈을 손에 쥐려고 허우적거리는 인간들처럼 보였다. 드디어 내 눈으로 그걸 직접 볼 수 있게 되었다!

1호는 주변 아이들을 끌어들여 홀짝 게임을 시작했다. 참가비를 낸 아이들의 승패는 1호가 주사위를 던져서 나온 숫자에 따라 결정되었다. 게임의 룰은 간단했다. 승패가 결정될 때까지 홀짝을 선택한다. 한 사람이 남을 때까지 이 과정이 계속된다. 끝까지 살아남은 한 사람에게 상금을 몰아준다. 상금에 눈 먼 아이들은 불빛에 모여드는 나방처럼 달려들었다.

아이들은 왁자지껄 떠들며 소리를 질렀다. 상금을 받게 되는 최종 승자가 나올 때면 반이 들썩였다.

"아싸! 내가 이겼다."

"에이씨. 왜 또 너야?"

"다시 해. 빨리!"

"할 거면 참가비 내."

2호가 아이들을 체크하며 참가비 여부를 확인했다. 그 모습이 믿음직스러워서 고개를 끄덕였다.

"으악! 돈이 다 떨어졌어. 그냥 하게 해 주면 안 돼?"

"안 돼. 돈은 있어야지."

"그럼 돈 좀 빌려줘! 나중에 꼭 갚을게."

이때 3호가 등장해 은근하게 귓속말을 건넨다.

"우리가 도와줄게. 근데 조금 이자가 붙을 거야. 상금 받으면 금방 갚을 수 있기는 할 텐데. 어떻게 할래?"

3호의 말에 대부분은 고개를 끄덕이며 돈을 빌려 간다. 역시나 아무 생각도 없는 애들이었다. 이자가 정확히 얼마인지 묻는 아이는 한 명도 없었다. 3호의 영업은 점점 더 노골적으로 변해 갔다. 이자의 반이 자기들의 수익이니 당연하다면 당연한 일이었다.

참여하는 아이들이 많아질수록 우승 상금과 1, 2, 3호의 이익금도 늘어났다. 1, 2, 3호에게 대표, 이사, 매니저라는 직책을 부여했다. 시간이 갈수록 아이들의 눈은 붉게 충혈되어 갔다. 대표가 된 1호가 나를 찾아왔다.

"게임 방식을 좀 바꿔야겠어. 요즘 현금 갖고 다니는 애들이 별로 없단 말이야. 현금 없이도 게임에 참여할 수 있어야 할 것 같아. 그리고 아이들이 너무 많아서 그룹을 좀 나눠야겠어. 상금도 최종 우승자만 주는 게 아니라 게임 할 때마다 이긴 사람이 걸었던 돈에서 두 배로 주는 걸로 하는 게 좋을 것 같은데. 어때?"

나는 어떻게 되든 상관없어서 어깨를 으쓱했다. 1호에게는 허락의 의미였다. 그때부터 게임은 더 본격적으로 진행되었다. 빠른 게임 진행과 바로 실행되는 수익 분배에 아이들은 정신없이 빠져들었다. 그러던 어느 날, 집안의 대소사를 처리하는 비서가 말했다.

"이제 손을 떼시는 게 좋겠습니다. 교사들이 알게 돼서 곧 교육청 조사가 이뤄질 거라고 합니다."

"어쩌다?"

"어떤 학생이 돈을 뺏겼다고 담임 교사에게 상담한 모양입니다. 곧 국회의원 선거가 다가오니, 구설수에 오르는 건 조심하셔야 합니다."

또 납작 엎드려 뽑아 달라고 호소할 시기가 왔다. 뭐, 이때만 지나면 멋대로 살 수 있는 세상이니까. 대대로 내려온 국회의원 집안에 재벌가와 사돈을 맺고 있으니, 도무지 부족한 게 없어 재미없는 나날이었다.

"그래. 마침 지루해지던 참이었으니까."

이제 내 손을 떠났다는 생각이 들어서 나는 발을 빼기로 마음먹었다. 이에 1, 2, 3호에게 모임을 해체하자고 말했다.

"왜?"

"이제 시작인데?"

"뭔 소리야?"

아이들은 어이없다는 얼굴로 발끈했다. 게임머니를 빌려주고 받는 이자가 쏠쏠했기 때문일 것이다. 그 후에 일어난 소동은 한 편의 블랙 코미디였다.

1, 2, 3호는 자기들끼리 게임을 진행할 수 있을 거라고 생각한 모양이었다. 지금껏 거두어들인 게임머니 이자가 생각보다 큰돈으로 모였기 때문이다. 실제로 한동안 게임은 잘 진행되는 것처럼 보였다. 하지만 속으로는 꽤 여러 가지로 썩어 문드러지고 있었는지, 어느 날 1호가 2호의 멱살을 잡고 소리쳤다.

"이 새끼야, 지금 누구 돈을 가로챈 거야? 죽을래?"

"내가 뭐? 네가 수익을 제대로 안 나눠 주니까. 내 몫만큼 가져간 거잖아."

"이 새끼가 그래도 잘났다고 나불거리네."

1호가 주먹을 들어 올려 2호를 치려고 했다.

"야, 한수 말이 맞잖아. 너 우리 돈 빼돌려서 명품 사고 생색 내고 있잖아. 우리도 다 보고 듣고 있거든."

1호는 3호의 말에 입술을 앙다물며 손을 휘둘렀다. 2호와 3호가 뒤로 나자빠지면서 책상이 우당탕 소리를 내며 넘어졌다. 1호는 그래도 분이 풀리지 않았는지 2호와 3호에게 달려들어 패기 시작했다. 2호와 3호도 그에 대응하면서 큰 소란이 일어났다. 담임이 오면서 싸움은 끝났지만, 사건의 전말이 모두 드러나게 되었다.

학교는 생각보다 큰 게임 규모에 놀라고 말았다. 특히 게임 머니를 빌려주고 높은 이자를 받았다는 사실에 경찰까지 개입하게 되었다. 뉴스 기사까지 나오자 나도 상담실로 불려가 조사를 받았다. 변호사를 대동하고서 말이다. 교사는 손바닥을 비비며 우물쭈물 말했다.

"우리도 아무 상관없을 거라고 생각하는데, 문제를 일으킨 세 명이 하도 네 이름을 꺼내서 말이야."

"처음에 재미있는 게임을 해 보자고 한 건 맞아요. 근데 돈 빌려주고 높은 이자를 받았다는 건 몰라요. 친구들끼리 하는 게임에 판돈을 걸다니요? 제가 뭐가 아쉬워서 돈을 벌려고 했겠어요? 친구들끼리 놀 때면 돈은 제가 다 써요. 같이 재미있게 놀면 그만이거든요. 근데 걔들이 그러고 있을 줄은 몰랐어요. 어떻게 친구들한테 그럴 수 있죠?"

내 말이 끝남과 동시에 변호사가 게임 시작만으로 관련성이 있다고 의심하는 건 부당하다고 따지고 들었다. 학생 인권도 들먹였다.

"아, 알았습니다. 이 얘기는 여기서 이만 끝낼게요."

얼굴이 하얗게 질린 교사는 변호사를 밖으로 내보내고 내게 말했다.

"그래도 부모님과 한번 통화해 보려는데. 계속 전화를 안 받으시더라. 비서 분한테 전화 달라고 말씀드려도 소식이 없으시고."

"요즘 바쁘실 거예요. 이제 선거철이잖아요."

교사가 걱정스러운 얼굴로 물었다.

"집에서 부모님을 보기는 하는 거지?"

질문을 이해할 수 없었다. 부모님을 못 보는 게 어떻다는 거지? 돈만 있으면 내 삶은 잘 굴러가는데?

1, 2, 3호는 결국 다른 곳으로 전학을 가게 되었다. 게임머니 이자를 받아내겠다며 다른 아이들을 괴롭혔기 때문이다. 그들은 내게 연락을 취하려고 애썼지만, 나는 콧방귀만 뀌었다. 나를 몇 달간 즐겁게 해 준 것으로 그들은 이미 쓸모를 다 했기 때문이다.

이 일련의 상황을 나는 '아마존 TV'에 올렸다. 어두컴컴한 방에서 촛불 하나를 켜 놓았다. 하얀색 가면을 쓰고 등장한 나는 1, 2, 3호의 어리석은 욕심을 가감 없이 설명했다. 오늘의 콘셉트는 〈그것이 알고 싶다〉였다. 사람들은 오랜만에 하는 방송에 반가워하면서 별풍선을 마구 던졌다. 별풍선에 연연하는 것은 아니지만, 그래도 많은 사람이 관심을 보일수록 기분이 짜릿해졌다.

"구독과 좋아요, 잊지 마!"

이제 또 어떤 방송을 기획해 볼까?

프리 백신을
실행하시겠습니까?

K-월드 메타버스에 접속했다. 이번 설정은 현실과 구분하기 어려울 정도였다. 나는 솔직히 밖에 나가서 돌아다니는 것보다 여기서 노는 게 더 재미있다. 취향껏 비현실적인 공간을 만들거나 만화 같은 스케치 형태로도 만들 수 있다는 점이 좋다. 다양한 제품 홍보 이벤트도 이곳의 재미이다. 롤플레잉 게임처럼 퀘스트를 받을 수도 있다.

나는 길을 걷다 놀이공원 입구같이 아치형의 구조물이 서 있는 건물로 들어갔다. 건물 앞에 세워진 광고판에는 '운명의 짝을 찾아 드립니다'라고 적혀 있었다. 건물 안에서 검은 단발머리 여자의 모습으로 구현된 NPC가 내게 웃으며 손을 내밀었다.

"예약하신 유세진 님? 담당자 엘입니다."

엘의 안내에 커다란 책상이 놓인 회의실로 들어갔다. 눈앞에 화면 창이 떠올랐다.

"저번에 오셨을 때 성격 검사를 비롯한 여러 설문에 답변하셨죠? 오늘은 그 결과에 따라 이상형과 매칭되는 날입니다."

엄청나게 많은 질문에 답하느라 진땀 뺀 기억이 생생히 살아났다.

"무슨 질문이 이렇게 많아요?"

황당해하는 내 물음에, 그날 서류 작성을 돕던 직원은 어깨를 으쓱할 뿐이었다.

"천천히 답해 주셔도 됩니다."

괜히 신청했다는 후회가 들어서 몇 번이나 자리를 박차고 나갈 뻔했다.

"쯧쯧, 그러게 내가 뭐라고 했니. 쓸데없는 짓에 시간 낭비하지 말라고 했지?"

엄마의 혀 차는 소리가 바로 옆에서 들리는 것 같았다. 엄마는 이런 만남에 거부감을 가지고 있었다.

"너는 나이도 어리면서 낭만이 없어, 낭만이."

나도 엄마를 보면서 고개를 좌우로 흔들었다.

"엄마랑 나랑은 사는 시대가 달라요, 시대가."

엄마는 자주 말했다. 예전에는 길을 걷다가 마음에 드는 사람에게 다가가 연락처를 물어보는 게 자연스러운 일이었다고. 엄마도 몇 번이나 연락처를 알려 줬다고. 그 사람이 대체 누군 줄 알고? 요새는 그러면 안 된다는 말이 목구멍까지 차올랐지만 꺼내지 못했다.

엄마는 항상 낭만을 찾았다. 낭만의 영향 때문인지 엄마는 만나는 사람도 자주 바뀌었다. 사랑은 움직이는 거라고, 젊을 때 못한 거 지금 왕창 즐기겠다고 노래를 불렀다.

엄마는 연애할 때마다 어떠냐며 상대방의 사진을 보여 줬다. 양복을 쫙 빼입은 변호사, 가죽옷을 즐겨 입는 록 밴드 보컬, 장발을 하나로 묶은 예술가, 프로 야구 선수 등등, 그토록 다양한 사람을 어떻게 만날까 궁금했다.

"만나는 사람이 왜 맨날 바뀌어? 도대체 엄마 이상형은 어떤 사람인데?"

"그냥 좋으면 만나는 거지. 나도 너만 한 나이 때는 이상형 따지고, 잘생긴 사람 찾고 그랬는데. 그거 다 소용없어. 그냥 나한테 잘해 주는 사람이 최고야. 겉과 속이 같은 사람은 거의 없거든. 너도 곧 깨닫게 될 거야."

엄마가 간식 달라고 보채는 강아지 다루듯 내 머리를 쓰다듬었다. 나는 어린애 취급 좀 하지 말라고 중얼거리면서 엄마 손을 툭 쳐냈다. 그래도 사랑에 빠진 엄마의 모습은 언제나 보기 좋았다. 일단 웃음이 끊이지 않았다. 심지어 얼굴에서 빛이 나는 것 같았다. 그런 엄마를 보면 나도 사랑이라는 게 하고 싶었다. 무엇이 엄마를 저렇게 빛나게 하는 건지 궁금했다. 영화나 드라마 같은 상상 속 이야기가 아니라 현실에서의 진짜 사랑이 뭔지 알고 싶고, 직접 해 보고 싶었다.

"엄마는 무섭지도 않아? 그 사람이 내가 알던 모습과 완전히 다르게 변하면 어떡해?"

나는 얼마 전 친구들과 나눈 이야기를 떠올렸다. 친구는 인터넷에 돌아다니는 인기 글을 봤다며, '안전한 이별 방법' 매뉴얼을 읊어 댔다. 거기서 멈추지 않고 직접 실천하기까지 했다. 이별하기 며칠 전부터 연락을 뜸하게 줄였고, 상대방 말에 별로 반응하지 않았다. 마지막으로 '이별'이나 '힘들다'는 말을 자주 꺼내며 무표정으로 일관했다. 이별을 통보하는 날에는 경찰서 근처에서 만나 헤어지자고 단호하게 말했다. 모든 걸 끝낸 뒤 뒤돌아보지 않고 집으로 돌아가서 상대방의 연락처를 차단하는 걸 비롯해 모든 SNS를 끊었다.

"꼭 그렇게까지 해야 해?"

내 말에 친구는 인상을 팍 찌푸렸다.

"그 전 남자 친구가 잊을 만하면 전화해서 다시 사귀자는 통에 1년 가까이 질질 끌려다녔던 거 몰라서 그래? 진짜 미치는 줄 알았다고."

"나도 맨날 집 앞에서 전 여친이 기다리는데. 무서워 죽을 뻔했다니까."

옆에서 다른 친구도 울상을 지었다. 표정이 어찌나 심각한지 남자도 헤어질 때 그런 공포를 느끼냐고 묻지 못했다. 이런 하소연을 들을 때마다 나는 새로운 사람을 만나는 게 어렵고 무서워졌다.

"정말 그런 사람을 만나면 나를 안전하게 지켜 줄 모든 수단을 동원해야지. 그런데 세상에 그런 사람만 있는 건 아니야. 무섭다고 좋은 사람을 만날 기회를 놓치지 마."

엄마가 내 머리를 쓰다듬었다. 입을 삐죽거리기는 했지만, 그냥 내버려뒀다. 아마도 엄마는 새로운 사랑을 또다시 시작한 모양이었다. 이럴 때 엄마는 마음이 한없이 넓어졌다. 내가 학원 가기 싫다고 꾀병을 부려도 눈감아 줄 정도로. 솔직히 나도 연애하는 엄마가 더 마음에 들었다.

그 후 마음속에서 엄마의 말이 자꾸만 되새김질됐다. 그러다 'K-월드에서 완벽한 이상형을 안전하게 만나 보세요!'라는 광고를 보고, 여기까지 온 것이었다. 광고 문구 중에서 '안전하게'라는 단어에 방점이 찍혀서 반짝거리는 것 같았다.

"그럼 다음 단계로 넘어가겠습니다. 세진 님의 이상형 중에서 한 명을 고르시면 바로 데이트하실 수 있습니다."

눈앞 화면에 두 명의 남자 사진이 떠올랐다. 둘 다 비슷한 느낌으로 반듯하고 깔끔한 생김새였다.

내가 이상형을 뭐라고 썼더라? 키 크고 여우처럼 턱이 갸름한 얼굴형, 흔히 말하는 아이돌 얼굴, 카리스마 있지만 나한테만은 웃으면서 잘해 주는 사람……. 더 적어 낸 것 같은데, 구체적으로 기억나지는 않았다.

화면에 보이는 두 사람의 외형은 안경 착용 여부와 머리 길이가 조금 다를 뿐이었다. 성격이 어떻게 다른지 모르는데, 겉모습만 가지고 고르려니 힘들었다. 옆에서 엘이 시계를 보며 재촉해 대는 탓에 일단 아무나 지목했다.

"네. 됐습니다. 이제 미팅 룸에 가 계시면 됩니다."

나는 꽃으로 장식된 사무실에서 기다렸다. 내가 선택한 사람이 이곳으로 온다고 했다. 갑자기 가슴이 두근거리기 시작했다. 그때 문이 열리고 한 사람이 들어왔다.

"안녕하세요? 전 여진세라고 합니다. 반갑습니다."

"여진세? 내 이름하고 반대네요. 전 유세진인데."

"이름부터 운명적으로 느껴지네요. 서로 공통점을 찾으면

호감도가 높아지죠."

운명? 갑작스러운 직진 멘트가 조금 당황스러웠지만, 다정해 보이는 미소는 마음에 들었다. 진세가 말을 이었다.

"편하게 반말하자. 뭐 먹으러 갈까? 이제 2시간 50분밖에 안 남았어."

나는 고개를 끄덕이며 그 뒤를 따라 나갔다.

"3시간입니다. 잊지 마세요."

처음에는 데이트에 시간제한이 걸려 있어도 상관없다고 생각했는데, 막상 닥치고 보니 아주 짧은 시간인 것 같았다. 밥 먹고 카페 가서 이야기 좀 하다 보면 끝나는 시간 아닌가.

"데이트 시간을 연장하려면 요금이 발생합니다."

어쩔 수 없다고 생각하면서도 씁쓸한 마음을 지울 수 없었다. 안전한 이별을 위해 노력하던 친구가 한 말도 떠올랐다.

"데이트는 다 돈이야. 돈이 웬수지."

그 친구는 10일, 50일, 100일은 기본이고 달마다 존재하는 모든 기념일을 챙겼다. 그러고도 주말에 하루는 꼭 데이트를 했다.

"그렇게 만나면서도 또 만나?"

놀란 내가 혀를 내두르면, 친구는 어린애를 보는 듯한 얼굴로 혀를 끌끌 찼다. 그러면서 "모태 솔로는 모르는 세계"라고 나를 놀렸다. 그때는 짜증이 나서 누구든 상관하지 말고 사귀어 볼까 하는 마음도 들었다. 솔직하게 고백하자면, 학교나 학원에서 솔로인 아이들도 물색해 봤다. 눈에 들어오는 아이들이 아주 없지는 않았지만, 도저히 만나 보자고 말할 엄두가 나지 않았다. 말을 걸려고 몇 번 주위를 얼쩡거려 봤지만, 마지막에는 결국 용기가 나지 않았다.

"대체 다들 처음에 어떻게 사귀는 거야?"

답답해서 하소연하면, 친구들은 그냥 휴대폰 번호를 물어보면 된다고 아주 쉽게 말했다. 어쩜 이리 엄마랑 똑같이 말하는지, 이런 건 시대가 바뀌어도 변하지 않는 건가 싶었다. 그게 말처럼 쉬우면 이러겠느냐고 화내고 싶었지만, 신기한 생물을 바라보는 듯한 눈빛에 언제나 그냥 입을 다물고 말았다.

"이거 먹을래?"

진세가 파스타 가게를 가리켰다. 데이트는 처음이라 어디든 좋았다. 가게에 들어가자 사람들의 시선이 쏟아지는 게 느껴졌다. 내 어깨가 다 으쓱했다. 진세의 깨끗한 피부와 오뚝한 콧날, 날렵한 턱선은 사람들의 시선을 끌기 충분했다.

"아는 사람이라도 있어? 왜 그렇게 두리번거려?"

"어? 아, 아냐."

주변에서 쏟아지는 시선을 만끽하다가 진세 맞은편에 앉았다. 진세가 메뉴판을 들여다보며 말했다.

"여기 신상품 이벤트 있다. 할인 가격으로 집으로 배달도 해 준대. 어때?"

"응. 좋아."

실제로 음식을 먹는 건 아니었지만, 음식과 관련한 간단한 게임을 할 수 있었다. 제한 시간 안에 같은 음식 카드 맞추기, 가게의 메뉴 이름 맞히기 등등이었다. 게임에서 이기면 K-월드에서 사용할 수 있는 포인트를 얻을 수 있었다.

"게임 잘하던데? 사람들이 우리만 쳐다보는 거 봤어?"

진세는 모든 게임에서 좋은 성적을 거둬서 가게를 대표하는 캐릭터 인형이 달린 머리띠를 받았다. 캐릭터를 꾸밀 수 있는 아이템이었다. 진세는 당연하다는 듯이 내게 선물로 건넸다. 나는 당장 머리에 써 보았다.

"네가 좋아해서 더 힘낼 수 있었어. 머리띠 귀엽다."

나도 모르게 이렇게 대꾸했다.

"머리띠만?"

"아, 아니……. 그만 말할래."

진세는 붉어진 얼굴에 손으로 부채질을 하며 성큼성큼 앞서 나가 버렸다. 당황스럽기는 나도 마찬가지였다. 내가 이런 말을 하다니! 마치 애인에게 애교를 부린 느낌이었다. 온몸에

닭살이 돋았다. 나도 얼굴이 빨갛게 달아올라 손부채질을 하며 진세를 따라갔다. 후후. 이런 게 데이트하는 기분이구나. 친구들의 데이트 이야기를 들으며 상상하던 것보다 훨씬 더 좋았다. 친구들에게 자랑할 생각에 한껏 들떴다. 그때 진세가 뒤돌아보며 말했다.

"뭐 해? 빨리 와."

그러더니 곧 얼굴을 일그러뜨렸다.

"아, 미안. 상대방을 두고 먼저 가면 안 되는데. 데이트 매뉴얼을 어겼네."

나는 궁금한 마음에 물었다.

"데이트 매뉴얼? 그런 것도 있어?"

"응. 여러 자료를 모아서 만든 거야. 아직 업데이트하고 있어……. 사실 이런 이야기는 하면 안 되는데."

"왜?"

고개를 갸웃하는 내게 진세는 조심스럽게 답했다.

"데이트 매뉴얼이 있다고 하면 분위기가 좀 깨잖아. 너무 인위적인 것 같고. 기분 안 나빠?"

"난 오히려 궁금한데. 친구한테서 안전 이별 매뉴얼이 있다는 것도 들었거든. 요즘 안전한 이별이 진짜 중요해졌잖아. 데이트 매뉴얼에 대해서 더 이야기해 줘. 친구한테 말해 줘야지.

그건 몇 번까지 있어? 아까 나한테 한 말도 포함돼 있어? 상대방을 칭찬하는 말들 말이야."

그런 게 아니라면 그렇게 낯간지러운 말을 쉽게 할 수 있을 리 없다는 생각이 들었다. 진세는 순순히 대답해 줬다.

"지금은 428번까지 있어. 상대방 칭찬은 2번이지."

"그럼 1번은 뭐야?"

진세가 갑자기 멈춰 서서 나를 쳐다보았다.

"……상대방과 눈 마주치기."

가만히 보기만 하는 건데도 말문이 막혔다. 진세가 감미로운 목소리로 나직히 말했다.

"난 운명의 사람이 있다고 믿어. 나만 바라봐 주고 생각해 주는 사람 말이야."

"나, 나도 그래."

진세의 투명한 눈동자에 내가 비춰 보였다. 얼굴이 화끈 달아올라 어색하게 외쳤다.

"우, 우리 노래 부르러 가자. 데이트하면 꼭 해 보고 싶었어. 진세는 노래 잘 부르지?"

진세는 어깨를 으쓱했다.

"모르는 노래가 없기는 한데. 네 목소리 취향에 맞을지는 모르겠어."

"에이, 내 이상형 목소리로 조절되지 않았어?"

"그렇기는 하지……."

내 말에 대답하는 진세 목소리가 어쩐지 김빠진 느낌이었지만, 크게 신경 쓰이지는 않았다.

"빨리 가자. 네 노래 듣고 싶어."

내 말이 끝나자마자 벚나무가 흔들리며 벚꽃잎이 바람에 흩날렸다. 갑자기 세상이 반짝반짝 빛나는 것 같았다. 데이트 설정에 따라 도시 분위기도 바뀌는 건가? 데이트 전까지 내 설정은 초가을이었는데 말이다.

우리는 코인 노래방으로 들어갔다. 가끔 혼자 와서 노래를 부르는 곳이었는데, 옆에 진세가 있다고 생각하니 조금 부끄러워졌다. 진세 앞에서 노래를 불러야 한다니. 삑사리가 나면 어떡하지 걱정스러웠지만, 눈을 질끈 감고 끝까지 노래를 불렀다. 진세는 다정한 목소리로 나를 칭찬했다.

"목소리 좋다. 원곡 가수만큼 잘 부르는 거 같아."

"아, 아니. 그 정도까지는 아냐. 이 노래를 많이 불러 본 것뿐이야."

나는 헛기침을 하며 손사래를 쳤다.

"자, 이제는 네 차례야."

나는 서둘러 진세에게 마이크를 건넸다. 진세는 거침없이 숫자들을 눌렀다. 번호 자체를 외우고 있는 듯했다. 번호를 외울 정도로 많이 불러 본 거라면, 누구에게 불러 준 걸까? 그게 오늘처럼 데이트였을까? 나는 입을 삐죽거렸다. 갑자기 왜 마음이 요동치는지 알 수 없었다.

내 기분은 안중에도 없이 진세는 무대 중앙에서 가만히 자세를 잡았다. 마이크를 손에 잡은 모습이 진짜 가수 같았다. 노래방 기기 화면에 내가 좋아하는 발라드 제목이 떴다. 진세의 머리 위로 내려오는 핀 조명이 분위기를 더 멋지게 끌어올렸다.

"와, 진짜 코노에서 이렇게 오래 있었던 건 처음이야."

나는 기지개를 켜며 코인 노래방을 나왔다. 몇 시간이나 지났는지 알 수 없었다. 진세가 미소를 지었다.

"나도 즐거웠어."

그 미소에 숨이 턱 막혔다. 할 수만 있다면 진세의 노래를 계속 듣고 싶었다. 하루 종일이라도 들을 수 있었다.

"이제 시간이 다 됐네."

진세의 말에 깜짝 놀라 시계를 확인했다. 벌써 데이트 종료 10분 전이었다. 시간이 이렇게 빨리 지나갔다는 사실이 믿기지 않았다. 이대로 헤어지기는 너무 아쉬웠지만, 진세는 이미 사무실 쪽으로 걸어가고 있었다. 시간을 연장할까? 심각하게 고민하는데 진세가 휙 뒤돌며 물었다.

"결정했어?"

"어? 뭐, 뭘?"

나는 마음속을 들킨 것 같아 깜짝 놀랐다. 진세는 부드럽게 웃으며 말했다.

"무리하지 말고 네 마음 가는 대로 하면 돼."

마지막까지 다정한 진세의 모습에 내 마음이 아까와는 다른 느낌으로 또다시 요동쳤다. 나는 진세를 힐끔힐끔 쳐다보며 계속 데이트 연장 여부를 고민했다. 앞에 뭐가 있는지 살필 정신이 없을 정도였다. 그때 뭔가와 쿵 하고 부딪쳤다.

"나를 선택하지 않다니……. 어떻게 이럴 수 있어?"

이마를 문지르며 봤더니, 진세였다. 데이트한 진세와 달리 안경을 썼고, 스포츠머리였지만 얼굴만은 똑같았다. 깜짝 놀란 나는 앞뒤를 돌아보며 입만 벙끗거렸다.

"네가 직접 작성한 자료에는 안경이 가장 매력 선호도가 높은 물건이었어. 그런데 왜 안경이 없는 애를 선택한 거야?"

내 옆의 또 다른 진세가 같은 얼굴로 한숨을 푹푹 내쉬었다.

"이거 규정 위반인 거 몰라? 처벌받으면 어쩌려고?"

"어차피 곧 삭제해야 하거든. 오랜만에 마음에 드는 캐릭터인데, 쳇."

"삭제한다고?"

나는 믿을 수 없어서 물었다. 스포츠머리가 답했다.

"뭘 처음 듣는 것처럼 그래? 약관에 다 나와 있는데."

"약관이라니? 무슨 연애를 계약인 것처럼……."

"이상형 캐릭터를 사는 게 맞잖아?"

나는 말문이 막혔다. 캐릭터를 구매하는 게 맞기는 하다. 하지만 진세 2호—두 명이 똑같으니 진세 1호와 2호라고 불러야겠다.—의 단어 선택은 너무 직설적이었다. 2호와 1호의 성격이 딴판인 모양이었다.

"이제 어떻게 할 거야? 얘 살 거야, 말 거야? 얘랑은 데이트해 봤으니까 구매는 날 하는 게 어때?"

진세 2호가 나를 닦달했다. 강매당하는 느낌이었다. 그때 갑자기 엘이 한 말이 생각났다. 3시간 안에 어떻게 할 건지 결정해 달라던 말이 설마 이런 뜻일 줄이야…….

"시간 다 됐어. 이제 가자."

진세 1호가 우리가 나왔던 건물을 향해 걸어갔다. 진세 2호가 어깨를 으쓱하며 그 뒤를 따라갔다. 나도 뒤따를 수밖에 없었다. 더불어 진짜 사람을 만나는 건 더 어렵겠다는 생각이 들었다. 이상형으로 만들어 낸 가상의 캐릭터들과도 이 모양이니 말이다.

"결정했나요?"

엘이 한 장의 서류를 화면에 띄웠다. 진세 1호를 운명의 짝으로 선택하겠느냐는 계약서였다. 마우스를 쥐고 있는 손에 식은땀이 났다. 진세 1호와 조금만 더 시간을 보내면 좋겠다는 생각이 들었다.

"한 번 더 데이트를 해 보고 결정할 수는 없나요?"

"잠시만 기다려 주세요."

엘은 사무실 밖으로 나갔다. 사무실은 텅 비어 버렸다. 진세 1호와 2호는 건물에 들어오자마자 말도 없이 사라져 버렸다. 마지막일 수도 있는데, 1호가 인사도 없이 사라졌다는 사실이 조금 아쉬웠다.

"오래 기다리셨죠?"

이런저런 생각을 하다가 엘이 문을 열고 들어오는 소리에 정신을 차렸다.

"아, 네."

나는 책상에 엎드려 있다가 몸을 일으켰다. 엘이 상냥하게 말했다.

"확인해 봤는데요. 파트너가 선택하지 않겠다고 합니다. 세진 님께는 다른 이상형을 소개해 드리겠습니다. 어떠세요?”

무슨 말인지 잘 이해되지 않았다.

“누가 누굴 선택을 안 해요?”

내 반응을 예상이라도 한 듯, 엘은 고개까지 끄덕이며 다시 한번 친절하게 답했다.

“다른 이상형이 많이 있으니, 실망하지 않으셔도 됩니다.”

“아니, 아까는 제가 선택하지 않으면 삭제된다고…….”

엘은 의아하다는 듯 고개를 갸웃했다.

“누가 그런 말을 했나요?”

나는 입술을 꾹 깨물었다. 엘은 친절하게 설명을 시작했다.

“작년에 인공 지능 인권 특별법이 통과된 거 아시죠? 그 덕에 데이트 상대방도 자기 결정권을 가지게 되었어요. 인공 지능인 이상형에게도 선택의 권리가 생긴 거죠.”

특별법? 가상의 존재에게도 인격을 부여해서 선택받지 못하더라도 삭제되지 않는다고? 그들에게도 파트너 선택권이 있다니. 거기에 나는 거절당한 거라니! 도저히 믿기지 않았다.

“어쨌든 진세가 삭제되는 건 아니죠?”

법 따위는 모르겠지만, 진세 1호가 살아남는다는 사실은 다행이었다. 아까부터 인공 지능에게도 선택권이 생겼다니, 참 잘된 일 아니냐는 듯한 표정으로 생글거리던 엘은 고개를 저었다.

"아뇨. 캐릭터는 삭제됩니다."

"네? 무슨 특별법이 생겼다면서요?"

엘은 난감한 듯 잠시 미간을 찌푸리더니, 다시 친절한 표정으로 돌아와 이렇게 설명했다.

"세진 님의 이상형 데이터가 사라진다고 해야 할까요? 다만 진세라는 캐릭터를 만들어 낸 인공 지능은 하나의 인격체로서 보호받지요."

설명을 다 듣고 나자 골이 띵했다. 내 이상형 데이터가 사라진다는 소리는, 결국 진세 1호가 그 데이터를 삭제하기로 마음먹었다는 소리니까. 도대체 왜? 나는 더 이상 이 질문을 참을 수가 없었다.

"저, 저기, 진세가 절 선택하지 않은 이유가……."

엘은 단호하게 고개를 저으며 답했다.

"그건 개인 정보라 말씀드릴 수 없습니다."

기가 막혀서 울컥 화가 치밀었다.

"어, 어떻게 이럴 수 있어요? 제가 선택이 안 될 수도 있다는 말씀은 안 해 주셨잖아요!"

엘의 얼굴에 짙은 피로가 묻어났다.

"처음 계약할 때 서류를 꼼꼼히 읽으시라고 말씀드렸잖아요. 상대방 의견을 존중해 주셔야죠. 계속 이러시면 저희도 진상 고객 대응 매뉴얼을 발동할 수밖에 없습니다."

"네? 지, 진상이라고요? 제가요?"

나는 화가 나서 테이블을 쾅 치며 외쳤다. 엘이 테이블 위 버튼을 눌렀다.

"여기 난동을 부리는 고객이 있습니다."

문이 쾅 열리고 들어온 경비 NPC에게 두 팔이 붙잡혔다.

"놔요! 내 발로 나갈게요."

나는 머리와 옷매무새를 반듯하게 정리했다. 심장이 쿵쿵 뛰었지만 아무렇지 않은 척하려고 애썼다. 창피해서 얼굴이 화끈 달아올랐다. 이게 무슨 망신이람.

사무실에서 나와 건물을 나가려는데, 근처에서 서성거리고 있던 진세와 마주쳤다. 안경을 안 쓴 데다 머리칼이 상대적으로 긴 걸 보니 1호였다. 나는 1호에게 성큼성큼 다가갔다.

"나한테 어떻게 이럴 수 있어?"

"뭐가? 내가 뭘 어쨌는데?"

나는 진세를 노려보며 외쳤다.

"우리 데이트 좋았던 거 아니었어?"

진세는 피식 웃었다.

"종료를 말하면 다들 너처럼 행동하더라. 근데 우리 사이에 뭐가 있어서 네 선택으로 끝나는 건데?"

"뭐? 넌 가상 공간의 존재잖아. 돈을 주고 사면 내 소유가 되는 나만의 이상형이라며?"

진세는 내 말에 헛웃음을 지었다.

"네 이상형은 가방에 거는 열쇠 고리처럼 아무 의견 없이 너만 쫓아다니는 사람인가 보지?"

이해할 수 없는 말에 나는 인상을 쓰며 되물었다.

"그게 무슨 소리야?"

진세는 이제 귀찮다는 표정으로 심드렁하게 대꾸했다.

"나한테 뭐가 좋겠냐고, 뭘 하고 싶냐고 한 번이라도 물어봤어? 주구장창 네가 하고 싶은 것만 했잖아. 사람들이 우리를 쳐다볼 때 엄청 으쓱하더라? 결국 너는 나를 네 가방에 걸어 둔 열쇠 고리처럼 과시한 것뿐이야. 안 그래?"

여기서 질 순 없었다.

"다른 게 하고 싶으면 얘기하지 그랬어. 네가 말을 안 하는데, 내가 어떻게 알아?"

"그게 내 탓이야? 그래, 남 탓하면 편하겠지. 하지만 돈을 주고받아도 지킬 건 지켜야지. 많은 매뉴얼 규칙을 만든 것도 그 때문이야."

나는 말문이 막혀서 어떤 말도 대꾸할 수 없었다.

"나는 내 존재 자체를 사랑해 주는 사람을 찾을 거야. 내 이상형은 주변에 신경 안 쓰고 나만 보는 사람이야. 그러니까 네 이상형 데이터는 이제 삭제할 거야. 아까 걔는 그 캐릭터를 남기고 싶어 하니까, 네가 선택하면 받아 줄 거야. 이제 됐지? 우리 제발 좋게 헤어지자. 안전하게 말이야."

진세는 뒤에 있는 엘리베이터를 타고 사라졌다. 나는 다리에 힘이 풀려 그 자리에 털썩 주저앉았다. 대리석 바닥의 차가운 기운이 척추를 타고 뒤통수까지 올라왔다.

안전 모드 진입에
실패했습니다

"너 괜찮은 거야?"

세희는 미우의 팔을 잡고 물었다.

"뭐가?"

미우는 불안한 듯 주위를 살피며 건성으로 대꾸했다.

"얼굴이 너무 창백해. 어디 아픈 것 같아."

세희는 걱정스러운 눈빛으로 미우를 바라보았다. 미우의 시선이 어지럽게 흔들렸다.

"아냐……. 괜찮아. 나 일이 있어서 가 봐야 해."

미우는 무언가에 쫓기는 사람처럼 서둘러 자리를 떴다.

며칠 전부터 미우는 뭔가 걱정이 있어서 잠을 못 잔 듯 눈밑이 까맣고 머리칼도 헝클어져 있었다. 뭔가 나쁜 일이 있는 것 같았다. 걱정스러워 말을 걸어 봐도 그저 "아니"라고만 했다. 세희는 자신을 피하는 듯한 미우에게 서운했다.

세희와 미우는 뗄 수 없는 단짝 친구였다. 집이 가까워서 항상 함께 다니며 놀았다. 마음도 잘 맞았다. 좋아하는 것과 싫어하는 것이 어쩜 이리 똑같냐며 마주 보고 웃은 적도 있었다. 그런 미우와 왜 이렇게 멀어지게 됐는지 세희는 이해할 수 없었다. 세희는 미우와 적어도 대학에 가기 전까지는 항상 함께하리라 생각했다.

중학교 입학 직전부터 미우는 할 일이 많아졌다. 갑자기 다녀야 하는 학원 숫자가 급격히 늘어났다. 주말에도 수학이나 영어의 특별 과외가 기다리고 있었다. 미우와 만날 수 있는 곳은 학교밖에 없었다. 세희는 그래도 미우와 자신이 가장 친한 친구라고 생각했다. 시간이 없어서 만나기는 힘들지만, 마음속으로는 서로를 위하는 '진정한 친구' 말이다.

"얘기 좀 하고 싶은데……. 지금 나올 수 있어?"

학교에서조차 자신을 피하는 듯한 미우에게 화가 난 세희는 오랜만에 걸려온 전화에 툴툴거렸다.

"오늘은 어쩐 일로 시간이 되는 거야?"

미우는 더 이야기할 생각이 없는 모양이었다.

"시간 안 되면……."

세희는 다급하게 외쳤다.

"아냐! 지금 나갈게."

둘은 아파트 놀이터 벤치에 앉아 그네를 타거나 흙장난하는 꼬마들을 바라보았다.

세희는 아무 말 없이 시간만 흘려보내는 미우를 흘끔거렸다. 도대체 무슨 이야기를 하려고 이렇게 뜸 들이며 분위기를 잡는지 모를 일이었다. 세희가 힘겹게 말을 꺼냈다.

"……그렇게 말하기 힘들어? 우리 찐친이잖아. 무슨 말이든 편하게 해 봐."

세희는 미우가 자신을 믿고 뭐든 이야기해 주길 바랐다. 그러자 미우가 생각지도 못한 이름을 꺼냈다.

"주희 알지?"

"그럼. 셋이서 자주 놀러 다녔잖아. 걔가 왜?"

주희가 다른 곳으로 이사 가기 전까지 셋은 항상 함께 놀았다. 미우는 원래 세희보다 주희와 더 친했다. 이웃사촌인 둘은 유치원에 다니기 전부터 함께였다. 세희는 초등학교 1학년 때 전학을 왔으니 미우와 주희가 더 오래된 관계였다.

"주희를 영어 학원에서 다시 만났어."

세희는 미우가 주희와 노느라 자신과 만날 시간이 없었던 건 아닌지 의심이 들었다. 주희가 어떻게 지내는지 안부를 물어봐야 했지만, 세희는 겨우 한마디만 내뱉을 수 있었다.

"……반가웠겠다."

"처음에는 그랬지. 그런데……."

미우는 크게 한숨을 쉬며 손깍지를 꼈다.

"주희 많이 변했더라. 그동안 뭘 배우고 다녔는지 뭐든 엄청나게 잘하는 거야."

"그게 뭐?"

세희는 자기도 모르게 말을 툭 내쏘았다. 미우는 아랫입술을 잘근잘근 씹으며 말을 이었다.

"우리 엄마도 주희 엄마랑 잘 아니까, 그때부터 주희가 하는 건 뭐든지 함께하게 됐어."

그제야 미우가 갑자기 바빠진 이유를 알게 되었다.

"주희랑 함께해서 심심하지는 않았겠네."

세희는 미우가 왜 이런 이야기를 하는지 이해할 수 없었다.

"처음에는 나도 반가웠어. 그런데 점점 더 주희랑 너무 비교가 되는 거야. 엄마까지 나한테 주희만큼 좀 하라고 닦달하는 거 있지."

주희가 전학 가기 전, 3학년 때까지는 뭐든 미우가 훨씬 잘했다. 전학 간 3년 사이에 주희에게 무슨 일이 벌어진 것인지 세희도 궁금해졌다.

"그러다 그 애까지 주희 얘기를 하는 거야. 내가 자기를 좋아하는 걸 알면서 말이야."

미우가 좋아하는 남자애에 대해서는 몇 번 들은 적이 있었다. 미우는 인스타에서 맞팔로우 했다고 이야기하며 환하게 웃었다.

"그때부터 주희가 미워지더라고, 그래서……."

미우는 갑자기 말을 멈추고 울기 시작했다. 그동안 미우가 우는 모습을 본 적이 없던 세희는 당황했다.

"왜 그래? 무슨 일 때문에 이러는 거야?"

세희가 미우의 어깨에 손을 얹으며 달랬다.

"이상한 앱이……. 그 앱을 깔고 실행하면 혼내 주고 싶은 사람 사진을 올릴 수 있어. 그럼 대신 복수해 준다는 거야……. 처음에는 그냥 장난이었어. 진짜 나쁜 마음을 먹은 건 아니야. 너는 알지? 응? 나 그런 애 아니잖아……."

미우는 간절한 표정으로 세희를 바라보았다. 세희는 꿀꺽 침을 삼켰다.

"그래서 주희가 어떻게 됐는데?"

"……교통사고 당해서 지금 병원에 있어. 다리를 많이 다쳐서 앞으로 걷기 불편할 수도 있대……. 이제 나 어떡하지?"

세희는 등골이 오싹해졌다. 무슨 이야기를 꺼내야 할지 도저히 알 수 없었다.

"마지막 단계에 가면 대신 복수를 해 준대. 근데 그게 이뤄지면 신청한 사람에게도 무슨 일이 일어날 거래. 피의 대가라고……. 세희야, 나 너무 무서워."

미우는 말하면서 온몸을 덜덜 떨기 시작했다.

"왜, 왜 그래. 주희는 그냥 교통사고를 당한 것뿐이잖아. 우연이야, 우연!"

세희는 '우연'이라는 말을 아주 세게 발음했다. 미우는 겁에 질린 목소리로 세희 귓가에 대고 속삭였다.

"주희가 학원 끝나고 돌아가는 길에 갑자기 비명을 지르며 도로로 뛰어들었대. 아무도 없는 곳에서 말이야……."

세희는 오소소 소름이 돋아난 팔을 쓰다듬으며 마른침을 꿀꺽 삼켰다.

"그, 그 앱이 뭐야?"

"몰라. 그냥 우연히 깐 거라서……."

세희가 다급하게 말했다.

"지금 깔려 있을 거 아니야!"

미우는 울상을 지었다.

"주희가 다쳤다는 말을 듣고 무서워서 삭제해 버렸어."

세희는 미우를 다그쳤다.

“그 앱 특징이 뭐였는지 하나라도 생각해 봐. 앱 아이콘에 무슨 그림이라도 있었을 거 아냐. 색깔 같은 거라도.”

미우가 자기 머리를 거칠게 헝클어뜨렸다.

“그, 그게 앱 아이콘 모양이 마녀의 손 같았어. 빨간 고양이도 있었던 것 같아.”

세희는 한숨을 깊게 내쉬며 땅바닥을 발로 찼다. 미우가 세희의 팔을 잡고 매달렸다.

“나도 내가 나쁜 줄 알아. 하지만 이렇게 될 줄 나도 몰랐다고! 요즘 너무 무서워. 계속 누군가가 따라다니는 것 같단 말이야. 작은 사고도 몇 번 일어났어. 세희야, 나 어떡하지?”

세희는 고개를 세차게 저었다.

“아, 아니야. 그럴 리가 없어. 그냥 주희가 다치니까, 무서운 마음이 들어서 그렇게 느껴지는 걸 거야. 집에 가서 쉬면 좋아질 테니까, 나머지 얘긴 내일 하자.”

세희가 미우의 등을 떠밀었다.

“만약 나한테 무슨 일이라도 생기면…….”

미우는 끝내 그 뒷말을 잇지 못했다. 미우는 어깨를 축 늘어뜨리고 터덜거리면서 집으로 돌아갔다.

세희는 미우와 헤어져 집으로 돌아와 방문을 쾅 닫고 들어

갔다. 세희는 뛰는 가슴을 손으로 지그시 누르며 숨을 가다듬었다. 바로 스마트폰을 꺼냈다.

"제발…… 아닐 거야. 아무것도 아니야."

세희는 스마트폰에서 앱을 하나 실행시켰다. 빨간 고양이가 할퀴려는 듯 날카로운 발톱을 펼쳤다가 오므린 다음 주먹을 쥐며 다가왔다. 그 앱에는 누군가의 사진을 올릴 수 있었다. 업로드된 사진 속 사람 형체는 살아 있는 듯 움직였다. 화면만 손가락으로 두드리면 가상 현실에 있는 그 형체를 주먹으로 때릴 수 있었다. 때리다 보면 형체는 점점 더 피투성이가 되다 바닥에 쓰러져 더 이상 움직이지 않았다. 그러면 마음이 조금은 시원해지는 느낌이었다.

"나는 그냥 게임을 한 것뿐이야……. 마음이 답답해서 게임을 했을 뿐이라고……."

게임으로 스트레스 좀 풀었다고 대가를 치르라니. 말도 안 된다. '다음 단계로 넘어가시겠습니까?'라는 질문에 '예를' 누르긴 했지만, 아직 마지막 단계에 이르진 않았을 것이다.

앱의 설정 부분으로 들어가 도움말을 클릭하니 '커뮤니티'라고 써진 카테고리가 있었다. 메뉴 버튼을 누르니 인터넷 홈페이지 게시판으로 연결되었다. 비밀 게시판이라 게시글을 열어 볼 수는 없었지만, 제목으로 글 내용을 추측할 수 있었다.

ID	제목
az**b18	앱 탈퇴할게요. 제발 제발 삭제해 주세요. new!
cxo***24	이거 진짠가요? 아니죠? 진짜 아니죠? new!
ewf**p	되돌리고 싶어요. 어떻게 하면 되나요? new!
rtu***h09	전 이런 걸 바란 게 아니었습니다. new!

심장이 산산이 부서지는 기분이었다. 세희는 눈앞이 아득했지만, 게시판에 비공개 게시글 하나를 써서 올렸다. 답변이 빨리 오길 바라면서.

다음 날, 미우는 학교에 나오지 않았다. 세희는 두근거리는 가슴을 다독이며 미우에게 전화를 걸었다.

“세희야, 여기 병원이야.”

“병원?”

“응. 아침에 계단에서 좀 굴렀거든.”

세희가 병문안을 가자, 다리에 깁스한 미우가 울음을 터뜨렸다.

“괜찮아?”

“뼈에 조금 실금이 간 정도야…….”

미우는 입원실 문을 신경 쓰면서 목소리를 한껏 낮췄다.

“뒤에서 누군가가 날 민 것 같았어. 그런데 돌아봤을 때는 아무도 없었어. ……이제 다 끝난 거겠지?”

미우는 간절한 눈빛으로 세희에게 물었다. 세희는 고개를 끄덕일 수밖에 없었다. 미우는 자신이 다친 것이 주희를 혼내준 것에 대한 앙갚음이라고 생각하니까. 세희는 미우가 잠들 때까지 이야기를 나누다가 병실을 빠져나왔다.

세희는 집으로 돌아가는 길에 스마트폰에서 빨간 고양이가 날카로운 발톱을 내민 모양의 앱을 찾아 눌렀다. 스크린 너머에서 자기 손가락에 맞은 미우가 피멍이 들고 코피 흘리는 얼굴로 울던 모습이 떠올랐다.

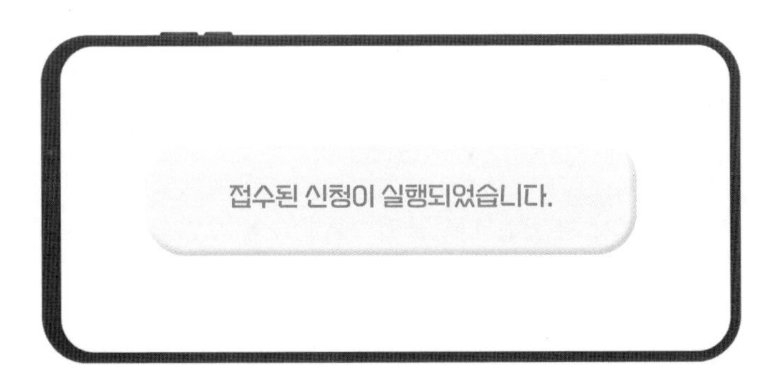

앱의 우편함에는 새로운 메시지가 와 있었다. 오싹 소름이 돋았다.

"이제 내 차례인가……."

얼마 지나지 않아 퇴원한 미우는 학교에서 마주친 세희에게 묘한 눈빛으로 스마트폰을 내밀며 말을 걸었다.

"세희야, 어젯밤에 다시 그 앱이 생겼어. 그런데 이런 게 보이더라……."

그 화면에서는 "미워, 미워!" 중얼대면서 맹렬한 기세로 화면을 터치하는 세희의 모습이 나오고 있었다. 손가락으로 화면 속 미우 때리기에 집중한 세희의 머리칼이 미친 듯이 사방으로 흔들렸다.

"주희한테도 내 모습이 발송됐을까?"

세희의 손에 들린 스마트폰에서 고양이가 날카로운 발톱을 흔들며 손짓했다. 세희를 바라보는 미우의 눈빛이 슬퍼 보였다. 세희는 발밑이 무너져 내리는 듯 눈앞이 까마득해졌다.

세희는 미우와 마주치지 않으려고 교실에서 잘 나가지 않았다. 가끔 화장실에 갈 때도 마음을 졸였다. 자기도 모르게 멈칫거리며 주위를 살폈다. 화장실에 다녀오면 겨드랑이가 땀으로 흠뻑 젖었다.

세희는 몇 번이나 스마트폰 속 저주받은 앱을 지워 버리려고 했지만, 무슨 짓을 해도 앱은 지워지지 않았다. 심지어 초기화도 먹히지 않았다.

지금은 기기를 초기화할 수 없습니다. (동기화 49%)

몇 번을 시도해도 이해할 수 없는 메시지만 반복되자 세희는 앱을 눈에 보이지 않게 숨겨 버렸다. 시간이 지나면서 미우와의 일은 점점 잊어버렸다. 떠올리기 싫은 기억은 마음속 깊은 곳에 묻었다.

대신 새로운 친구들을 사귀었다. 여자아이들은 먹거리와 화장품에만 관심을 가졌다. 맞장구만 쳐 주면 금방 사귈 수 있었다. 단톡방에서는 매일 다이어트와 화장품, 유행하는 옷 스타일 이야기로 꽃을 피웠다.

이거 어때?
웹드에서 본 여주가 하고 나왔는데.
이쁘더라?

오~ 멋있다!

안전 모드 진입에 실패했습니다

그거 나도 봤어.
귀걸이도 귀엽지 않았어?

맞아 맞아.

마라탕 먹으러 갈래?
시내에 새로 생겼대.

와, 맛있겠다.

나 완전히
살 많이 쪄서 빼야 돼ㅠ

나도ㅠ

스마트폰의 채팅 창에는 하루에도 몇백 개 이상의 메시지가 떴다. 아이들 메시지에 '맛있겠다'나 '예쁘다' 같은 말로 호응하다 보면 하루가 다 갔다. 세희는 온종일 스마트폰만 들여다봤다. 그런데 날이 갈수록 무언가 어긋나는 느낌이 들었다. 세희가 무슨 이야기를 하든 대꾸하는 아이들이 없었다. 세희는 다른 애들의 말에 꼬박꼬박 답했는데 말이다. 애들이 정신없이 이야기를 나눌 때도 세희의 말은 묻혀서 흐지부지 사라지곤 했다.

"왜 내 말 씹어?"

세희의 말에 애들은 어이없어 했다.

“무슨 소리야?”

세희는 작정하고 따졌다.

“내 말에 아무 대꾸도 안 하잖아.”

아이들은 눈썹을 찌푸리며 부정했다.

“우리가 언제 그랬어?”

“너 참 예민하구나?”

“다른 거 하느라 바빠서 네 말을 늦게 봤겠지.”

세희는 애들 말에 “아니”라고 답했다. 자신은 예민하지 않으며, 너희가 아무 대꾸도 하지 않는 일이 잦았다고! 그러자 아이들의 말투가 날카로워졌다.

“그래서 뭐?”

“그럼 어떡하라는 거야?”

“우리가 항상 대기하고 있어야 해?”

세희는 아이들과 싸우고 싶지 않아 한 발 뒤로 물러섰다. 그냥 아무 말도 하지 말고 가만히 있을 걸 그랬다며 후회하기도 했다. 단톡방에서는 말이 묻혀도 막상 애들을 실제로 만나면 아무렇지도 않았다. 깔깔거리며 시내를 돌아다니며 화장품도 사고 음식을 사 먹기에 바빴다.

세희는 더 이상 무시하지 말라는 말을 하지 않았지만, 아이들은 이제 더욱더 노골적으로 세희의 채팅을 무시했다. 대놓고 따돌리는 것 같았다. 세희에게 아무 연락도 없이 자기들끼리 시내로 놀러 갔다 오기도 했다. 세희는 아이들과 함께 있을 때 용기 내서 말했다.

"너희들 지난번에 시내 갔었지? 왜 나한테는 같이 놀러 가자고 연락 안 해 줬어?"

아이들은 고개를 갸웃했다.

"연락 안 받던데?"

세희는 반박했다.

"연락 온 거 없었어."

"네 폰이 이상한 거 아냐?"

세희는 아이들이 미운 마음에 참지 못하고 다시 그 앱을 찾아서 켰다. 그때, 멀리서 목발을 짚고 다니는 한 아이가 보였다. 주희였다. 세희는 깜짝 놀라 스마트폰을 떨어뜨렸다. 떨어진 폰을 들고 그 자리에서 도망치고 말았다.

세희는 집으로 돌아가자마자 엄마에게 소리쳤다.

"나 스마트폰 사 줘!"

엄마는 세희의 말에 버럭 화를 냈다.

"헛소리하지 말고 그냥 있는 거 써!"

"엄마는 아무것도 모르면서!"

세희는 소리치며 자기 방으로 들어갔다. 스마트폰을 꺼내 그 앱을 찾아봤다. 하지만 아무리 강하게 쏘아 봐도 바뀌는 건 없었다. 세희는 모든 걸 지워 버리고 싶었다.

"그래. 다시 한번 초기화해 보자!"

초기화만 되면 그동안 찜찜하게 남아 있던 앱도 삭제할 수 있을 것이다.

모든 내용을 지우고 초기화하시겠습니까? (동기화 99%)

스마트폰의 질문에 세희는 머뭇거리지 않고 '예'를 눌렀다. 그 뒤에 무슨 문구가 더 있었지만 제대로 읽지 않았다. 이번에는 다행히도 스마트폰에 초기화가 실행되었다.

"이젠 아무 일도 없겠지?"

세희는 스마트폰의 작업 과정을 지켜봤다. 초기화 중이란 문구와 함께 파란색 동그라미가 계속 돌아갔다. 드디어 초기화를 마친 스마트폰이 재시작되었다.

"이, 이게 뭐야?"

초기화된 스마트폰에는 세희의 사용 흔적이 그대로 남아 있었다. 바로 눈앞에 새빨간 고양이의 발톱 모양 앱이 빛을 반

안전 모드 진입에 실패했습니다

사하며 반짝거리고 있었다. 이어서 연락처에 있는 모든 사람에게 세희가 애써 잊은 동영상이 발송되었다.

"악!"

세희는 비명을 지르며 스마트폰을 벽에 던졌다. 벽에 부딪힌 스마트폰의 액정이 박살 났다. 그렇다고 이미 풀려 버린 비밀을 다시 주워 담을 수는 없었다. 퍼져 나간 영상이나 사람들의 기억을 지워 버릴 수는 없으니까. 평생 지워지지 않을 족쇄가 세희의 팔다리를 옥죄어 왔다. 날카로운 발톱이 세희의 심장에 박혔다.

피의 대가가 함께 실행되었습니다!

초기화하시겠습니까?

밀폐된 공간에서 좀비를 물리치고 탈출하는 스마트폰 게임을 켰다. 게임 속에서 내가 선택한 무기로 좀비를 갈기갈기 찢어 버리자 피가 튀기고 내장이 쏟아졌다. 좀비의 비명이 터져 나오는 순간 마른침을 꿀꺽 삼키며 혀로 입술을 축였다. 멀리서 탈출구가 환하게 빛나고 있었다. 성공이 눈앞에 다가왔지만, 여기서부터는 진짜 조심해야 한다. 출구는 좀비 대장이 막고 있으니까. 좀비 대장은 일반 좀비보다 훨씬 크고 강하다. 팔을 한 번 휘두를 때마다 캐릭터의 체력 게이지(HP)가 쭉쭉 떨어졌다. 그래도 몸을 빠르게 움직이는 전략으로 좀비 대장을 물리치기 일보 직전이었다.

"앗!"

갑자기 뒤에서 나타난 좀비 떼들이 캐릭터를 둘러쌌다. 여기서 이런 공격은 한 적이 없을 텐데. 고개를 갸웃할 틈도 없었다. 좀비 떼들이 나를 덮치는 바람에 옴짝달싹 못 하고 잡혀 버렸다. 좀비 대장이 내 멱살을 잡고 들어 올렸다. 나는 발버둥을 쳤지만, 좀비 대장은 꿈쩍도 하지 않았다.

좀비 대장의 굵은 팔뚝은 헬스에 미친 사람이 만든 근육 같았다. 매일 밤마다 거실에서 아령을 들어 올리던 누군가가 떠올랐다. 그 사이에 좀비 대장과 좀비 떼들의 공격으로 내 캐릭터는 손쓸 새도 없이 쓰러져 죽고 말았다. 붉은 화면 위로 바닥에 고꾸라진 내 캐릭터가 보였다.

Game Over.

"에이씨, 이번 판은 깰 수 있었는데."

짜증을 내며 게임을 리셋하려는데, 전화가 걸려 왔다. 발신자를 보고 침대로 던져 버린 스마트폰이 침대 구석으로 떨어졌다. 아빠만큼, 아니 어떨 때는 아빠보다 더 미운 놈이었다. 다른 사람이 옆에 있을 때면 자상하게 챙겨 주는 척하지만, 둘만 있을 때는 옆구리를 꼬집거나 발로 툭툭 건드리며 괴롭히던 놈. 다른 사람에게 말하면 다들 "에이, 거짓말!"이라며 믿어 주지 않았지만 말이다. 하지만 나만은 이 자식의 악독함을 아주 잘 알고 있다.

어릴 때 학교 앞에서 파는 병아리 한 마리를 데려온 적이 있었다. 얼마나 좋았던지 베란다에 병아리 보금자리를 만들어 주고 잘 키워 보려고 했었다. 며칠 뒤 먼저 집에 온 형이 베란다에 있는 게 보였다. 나는 형에게 병아리를 자랑하고 싶어서 신나게 다가가다 멈칫했다. 형의 손안에 병아리가 있었다. 나를 가만히 쳐다보던 형이 씩 미소 지었다. 함께 놀자고 따라다니면 귀찮다고 화내던 형의 미소라니. 나도 모르게 그 미소가 반가웠다. 그 순간, 형이 베란다 밖으로 손을 내밀었다.

"아, 안 돼!"

소리 지르며 뛰어갔지만 한발 늦고 말았다. 병아리는 땅으로 추락했다. 급하게 밖으로 뛰쳐나가는 내 등 뒤로 형의 깔깔거리는 웃음소리가 따라왔다. 화단에 떨어진 병아리는 결국 얼마 살지 못했다. 그 후 절대 살아 있는 동물을 집에 데려오지 않았다.

다시 전화벨이 울리자 더 이상 무시할 수가 없어서 억지로 전화를 받았다.

"뭐 하느라 전화를 이제 받아?"

내가 자기 연락에 비상 대기 중이어야 한다고 생각하는 건가? 부아가 치밀었지만 꾹 누르고 되물었다.

"무슨 일인데?"

"아버지는 뭐 하셔? 전화 안 받으시던데."

이번에는 또 무슨 사고를 친 걸까? 이 자식은 사고 쳤을 때만 아빠를 찾는다.

"주무셔."

수화기 너머에서 코웃음 치는 소리가 들렸다.

"농담하지 마. 주무실 시간 아니잖아. 아버지한테 중요한 이야기가 있어서 지금 집으로 간다고 말씀드려. 알았어?"

말대답은 절대 허용하지 않는 명령투까지 아빠와 똑같다. 무슨 말이든 나는 알았다고 대답하며 고개를 끄덕여야 한다고 생각하는 거지? 확 짜증이 일었다.

"다음에 와서 이야기해. 끊어!"

"거의 다 왔어. 10분 후면 도착할 거야."

더 이상 참을 수 없었다. 나도 모르게 버럭했다.

"집에 오지 말라고! 대체 뭐 때문에 오겠다는 거야? 이런 한밤중에."

"너랑은 상관없는 일이야. 어쨌든 기다려."

전화는 일방적으로 끊어졌다. 항상 이런 식이다. 나를 투명

인간처럼 무시한다. 얼마 지나지 않아 이번에는 거실에 있는 전화기가 울렸다. 별생각 없이 수화기를 들었다.

"뭐야, 집에 있었네? 난 일부러 내 전화 안 받고 잠수 탄 줄 알았지."

"민수 형? 우리 집 번호는 어떻게 안 거야?"

"그딴 거 식은 죽 먹기지. 너는 내 손바닥 안에 있거든."

민수 형이 가래가 끓는 소리로 웃었다. 당장이라도 전화를 끊어 버리고 싶었지만 뒷감당이 두려웠다.

"심부름만 조금 해 주면 되잖아. 그게 그렇게 어려워?"

평범한 심부름이었다면 이렇게 피하지는 않았을 것이다. 솔직히 일 자체는 단순했다. 지정된 사람에게 물건만 전해 주면 끝이니까. 하지만 무슨 일인지 몰랐을 때라면 모를까, 알면서 할 수는 없었다.

"지금은 통화하기 어려워."

"계속 도망칠 수 있을 것 같아?"

민수 형이 소리 지르기 시작하자 나도 모르게 전화를 끊어 버렸다. 민수 형이 무슨 짓을 할지 몰라 무서웠지만, 다시 전화할 엄두가 나지 않았다.

그때 밖에서 소리가 들렸다. 창밖을 내다보니 집 앞에 서 있는 차가 보였다. 차의 시동이 멈추고 불이 꺼지더니 어렴풋한 그림자가 차에서 내렸다. 잠시 후 초인종이 울렸다. 나는 아무런 움직임도 보이지 않았다. 대문이 몇 번 덜컹거리며 흔들리더니 잠시 조용해졌다. 그냥 이대로 돌아가 버리면 좋을 텐데. 안타깝게도 곧 문이 벌컥 열렸다. 방문객의 손에 들린 열쇠가 불빛에 반짝였다. 형이 현관문으로 들어서며 투덜거렸다.

"집에 있었잖아? 왜 문을 안 열어?"

"뭐 하러 왔어? 오지 말라고 했잖아."

형은 내 쪽으로 고개도 돌리지 않고 말했다.

"내가 오면 오는 거지. 왜 네가 난리야?"

항상 남의 사정은 염두에 두지 않지. 저 새끼는 어쩜 저리 매번 당당할까?

"아빠 피곤해서 주무시는데, 꼭 이렇게까지 해야 해?"

"급한 일 때문에 그래. 내일 당장 해결해야 한다고."

나는 형 앞을 막아서며 말했다.

"그게 뭔데? 주무시게 내버려두라고."

형은 코웃음을 치며 내게 성큼 다가왔다.

"네가 언제부터 아버지를 생각했다고 그래?"

형과 아빠는 둘 다 운동에 미쳐 있다. 자기들처럼 운동하지 않으면 인간 이하로 취급한다. 두꺼운 팔뚝을 드러내며 다가오는 형의 모습에 아빠가 겹쳐 보였다. 나를 덮치는 그림자가 커졌다. 당장이라도 오른손을 들어 올릴 것 같았다. 한 발짝 물러서며 눈을 질끈 감았다. 등골로 오싹한 한기가 지나갔다. 며칠 전에 아빠가 후려친 왼쪽 뺨이 다시 화끈거리는 느낌이었다. 뭐 때문에 맞았더라? 정확히 생각나지는 않는다. 뭐 언제는 이유가 있어서 맞았나. 이유는 매번 만들기 나름이다.

이대로 가만있다가는 또 쓰레기처럼 얻어맞을지도 모른다는 생각이 들어 고개를 숙여 피하려는데, 형이 내 팔을 잡았다. 팔을 뿌리치려 했지만 빠지지 않았다. 이마에 땀이 날 정도로 안간힘을 썼는데도 소용없었다. 갑자기 가슴이 답답해졌다. 나는 비명을 지르며 손으로 밀었다. 뒤로 나동그라진 형은 벌떡 일어나서 나를 옆으로 밀쳤다. 나는 힘없이 기우뚱거리다가 겨우 중심을 잡았다. 형의 팔을 붙잡고 힘을 주었다. 아무래도 체격 차이가 커서 막을 수 없을 듯했다. 급하게 형의 손을 잡고 물었다.

"으악! 이게 무슨 짓이야?"

형이 나를 패대기치자 갑자기 거실에 인터폰이 울렸다. 일순 모든 움직임이 멈췄다.

"이 시간에 찾아올 사람이 없는데."

내가 중얼거리자, 형이 인터폰으로 다가가 화면에 뜬 영상을 확인하며 고개를 갸웃했다.

“모르는 사람인데. 뭐지?”

형은 인터폰으로 물었다.

“누구세요?”

인터폰 화면 너머에서는 민수 형이 비열하게 웃고 있었다.

“앗! 민수 형?”

민수 형이 인터폰 너머에서 낄낄거리며 말했다.

“뭐야, 있었네? 난 또 도망친 줄 알고 걱정돼서 와 봤지. 잠깐 나와 볼래? 이야기 좀 하자.”

민수 형을 보러 나가기에는 상황이 너무 안 좋았다. 나를 노려보던 형이 말릴 새도 없이 끼어들었다.

“오늘은 너무 늦었는데, 다음에 만나지?”

“지금 말한 사람은 누구?”

민수 형이 화면에 얼굴을 들이밀었다. 그 뒤로 다른 사람들의 욕설과 웃음소리가 함께 들려왔다. 낄낄대는 소리가 내 목을 휘어 감고 조르는 것 같았다.

“민수 형, 내일 꼭 찾아갈 테니까. 오늘은…….”

형이 나를 옆으로 밀어내며 말했다.

“경찰 부르기 전에 꺼져!”

경찰이라는 말에 바깥이 갑자기 고요해졌다. 무거운 침묵에 마른침을 꿀꺽 삼켰다.

"하지 말라고 하면 더 하고 싶어지던데. 어떻게 할까?"

민수 형이 무슨 행동을 할지 예측할 수 없었다. 두려운 마음에 이 상황을 어떻게든 마무리 짓고 싶었다.

"오늘은 제발 이만 돌아가 줘. 응?"

"얼굴만 보고 가려고 했는데, 마음에 안 드네. 우리 꽤 잘 맞는 콤비잖아. 사건 터지기 전에는 심부름하고 돈도 잘 받아 왔잖아. 회수당한 돈을 채워 놓으라는 게 그렇게 기분 나빴어? 그렇다고 나를 차단하면 안 되지. 심부름 값 좀 올려 줄게. 네가 꼭 필요해서 그래. 요새 내가 좀 힘들거든. 이럴 때 서로 도우면 좋잖아. 우리는 사이 좋은 형제니까. 안 그래?"

어떻게든 민수 형의 입을 막아야 했다.

"민수 형!"

민수 형은 낄낄 웃더니 서늘한 목소리로 경고하듯 말했다.

"내일까지 아지트로 와. 일 다시 시작하게. 알았지?"

내 대답 전에, 형이 인터폰으로 소리쳤다.

"그게 무슨 말이야. 어?"

밖에서 들려오는 건 욕설과 침 뱉는 소리뿐이었다. 나는 형이 어떻게 나올지 알 수 없어 암담해졌다. 형은 화난 얼굴로 나를 돌아봤다.

"너, 무슨 짓을 하고 다니는 거야?"

형은 아무 대답 없는 나를 가만히 바라보다 말했다.

"그래. 네가 나한테는 서운할 수도 있다고 생각해. 하지만 나도 어머니 돌아가시고 힘들었어. 너만 엄마를 잃은 게 아니라고. 아버지도 아내를 잃었지만, 널 잘 키우려고 얼마나 노력하셨는지 알아? 그런데 넌 아버지 마음도 모르고 계속 엇나가기만 했지."

나는 눈에 최대한 힘을 주고 형을 노려봤다. 아빠는 매일같이 나를 책상에 앉혀 놓고 이렇게 윽박질렀다.

"뭐야, 이 정도도 못 해? 정신머리가 썩었어. 정신 차려! 정신만 제대로 박혀 있으면 못 해낼 게 없어. 네 허약한 정신머리가 문제야……."

아빠의 혀 차는 소리와 깊은 한숨은 매일 밤 이어졌다. 그건 지옥과 다를 바 없었다. 그런 건 하나도 모르는 주제에, 뭐라고? 타는 듯한 내 눈빛에 형은 '어쭈?'라는 표정으로 다시 말을 이었다.

"너 학교에서 아이들한테 주먹을 휘두르고 돈도 빼앗았지? 근데 반성조차 안 하고 있잖아. 네가 무슨 짓을 하고 다녔는지 내가 모를 줄 알아?"

순간 말문이 막혔지만, 이대로 무너질 순 없었다.

"뭐, 뭐가? 내가 뭘 어쨌다고?"

형은 어이없다는 듯 미간을 찌푸렸다.

"넌 항상 그렇게 아무것도 모르겠다는 얼굴을 하더라. 어디서 순진한 척이야?"

나는 입술만 깨물었다. 형은 의기양양하게 나를 다그쳤다.

"하다 하다 약물까지 손을 대? 그런 짓까지 하고 싶어?"

나는 버럭 소리를 질렀다.

"그만해! 진짜 뭐가 들어 있는지 몰랐다고."

형은 유들유들한 낯짝으로 대꾸했다.

"왜 몰라? 네가 한 일이면 알아야지."

눈물이 핑 돌았다.

"난 그냥 심부름만 몇 번 해 줬다고. 정말로 아무것도 몰랐단 말이야."

형은 빈정거리는 투로 받아쳤다.

"몰랐다고 하면 용서받을 거라고 생각해?"

형의 말에 꾹 눌러 온 감정들이 폭발했다.

"그래! 그땐 뭣도 모르고 그랬어! 하지만 그놈들하고 인연 끊었다고. 가족이라면 이제 용서해 줘야 하는 거 아니야?"

형은 콧방귀를 뀌었다.

"왜 가족이라고 해서 봐줘야 하는데? 그리고 인연 끊었다면서 아까 그놈들은 또 뭔데?"

"이번엔 진짜니까 좀 믿어 달라고!"

고함치고 나니 그동안 억눌러 왔던 억울함이 갑자기 솟구치기 시작했다.

"나야말로 그동안 가족에 대한 믿음으로 얼마나 참아 왔는지 알아? 형이 나보고 스트레스 푸는 샌드백 장난감이라고 한 건 기억해?"

형은 가소롭다는 듯 대꾸했다.

"다 너 잘되라고 그런 거지. 네가 하도 말을 안 듣고 못된 짓만 하니까."

형 말이 끝나기도 전에 눈물이 쏟아졌다. 더 이상은 아무것도 참을 수 없었다.

"그게? 밥 깨끗이 안 먹는다고 얼차려 시키고, 학습지 끝낼 때까지 매일 새벽까지 잠도 못 자게 만들고, 시험 못 봤다고 휴대폰 빼앗았던, 그 모든 게 나 잘되라고 그런 거라고?"

말문이 막혔는지 형도 가만히 있었다.

"형도 맨날 사고 치잖아! 저번에 음주 운전하고 술 먹다 사람까지 팼잖아. 합의금으로 얼마를 줬는지는 알아? 아빠가 맨날 형 때문에 우리 집에 돈이 없다고 그래. 오늘은 또 무슨 사고를 쳤길래 이 늦은 밤에 왔어?"

내 질문에 형이 갑자기 깊은 한숨을 내쉬며 고개를 푹 숙였다. 어깨가 비 맞은 강아지처럼 축 처졌다.

"진짜 괜찮은 코인에 투자를 좀 했는데. 갑자기 대출에 문제가 생겼어. 이것만 막으면 문제없을 거야. 오르면 금방 팔아서 갚을 거니까. 걱정하지 마."

나는 기가 막혀 소리를 질렀다.

"야! 합의금 가져간 지 얼마나 됐다고 또 손을 벌리는 거야? 네가 그러고도 독립한 성인이야?"

형은 습관적으로 "이게!" 하며 손을 올렸다가, 아까 내가 한 말을 의식했는지 내렸다. 나는 악다구니를 썼다.

"아빠가 지난번에 네 합의금 해 주느라 대출 받으면서 나한테 뭐라고 했는지는 알아? 네가 사고 치고 다니는 거 수습하느라 돈이 하나도 없어서 나 대학은 못 보내 준다더라. 꼭 가고 싶으면 내 힘으로 돈 벌어서 가라고."

형은 피식 웃었다.

"뭐, 나는 대학 갔냐? 나도 못 간 대학, 꼭 가고 싶으면 네 힘으로 가는 게 당연하지!"

"너는 공부를 못한 거고! 나는 돈이 없어서 못 가는 건데, 그게 같아?"

형은 말이 끝나기도 전에 내 멱살을 잡았다.

"그래! 너는 공부 잘해서 좋겠다. 나도 아빠가 너처럼 옆에

딱 붙어서 공부시켰으면 대학 갔지! 나는 뭐 대학 가기 싫어서 안 갔어?"

나는 비웃었다.

"웃기지 마! 아빠가 형한테 실망한 만큼 기대해서 내가 얼마나 괴로웠는지 알아? 형이 나처럼 아빠한테 당해 봤으면 절대 그런 말 못할걸?"

한 번 쏟아지자 그동안 쌓여 있던 감정들이 미친 듯이 쏟아져 나왔다. 형은 나를 무서운 눈으로 노려보았지만, 실력 행사를 하지는 않았다. 나는 눈물과 함께 흐르는 콧물 때문에 훌쩍댔다. 형은 가볍게 한숨을 내쉬었다.

"……네 생각은 잘 알았어. 네가 꼭 대학에 가고 싶으면, 대학 입학금 정도는 형이 어떻게든 마련해 볼게. 일단 급한 불부터 꺼야 하니까, 아버지랑 이야기하게 비켜."

나는 형을 가로막았다.

"아빠 잔다니까!"

형이 의심스럽다는 듯 나를 바라보았다.

"너, 지금 나한테 숨기는 거 있지?"

"그, 그런 거 없어."

형은 다정하게 말했다.

"솔직하게 말해 봐."

나는 심호흡을 했다. 이 위기를 잘 넘겨야 했다.

“아빠랑 좀 다퉜어. 알잖아. 아빠가 잔소리 심한 거. 상관하지 말라고 소리쳤더니. 화가 좀 나셨어. 혼자 있고 싶으시대. 오늘은 이만 돌아가고 다음에 다시 와.”

형은 평소처럼 깔보는 듯한 표정으로 돌아와 고개를 절레절레 흔들었다.

“얼마나 싸가지 없게 굴었길래 아버지가 그러셔? 내가 얘기해 볼 테니까. 넌 기다리고 있어.”

형이 나를 밀쳐 내고 방문을 쾅쾅 두드렸다. 내 심장에 주먹질하는 느낌이었다.

“아버지, 저예요. 문 좀 열어 주세요. 얘기 좀 해요. 네?”

문손잡이를 잡아 돌렸지만 문은 잠겨서 열리지 않았다. 형이 문에 어깨를 몇 번 부딪치자 벌컥 문이 열렸다. 방 안에 도사리고 있던 시커먼 어둠이 아가리를 벌렸다. 형이 벽면을 더듬더니 불을 켰다. 환해진 방에는 아무도 없었다. 이불도 깔려 있지 않았다. 형은 나를 매섭게 노려봤다. 나는 뒤로 물러서며 고개를 좌우로 흔들었다.

“난 아무 짓도 안 했어. 아빠가 그런 거야, 아빠가.”

형은 물끄러미 나를 바라보았다.

“아버지 어디 가신 거야? 설마 네가 쫓아냈어?”

나는 고개를 세차게 저었다.

"나더러 집에서 나가라고 한 건 오히려 아빠라고!"

잠시 생각에 잠긴 듯했던 형은 곧 방 안의 가구들을 뒤지기 시작했다. 서랍을 열고 물건을 마구잡이로 꺼냈다. 찾는 게 나오지 않는지 손길이 점점 거칠어졌다. 그 와중에도 입은 쉬지 않았다.

"언제 나가신 건데? 경찰에 연락해야 하는 거 아니야?"

"겨, 경찰? 아, 안 돼."

나는 형의 팔을 잡았다. 형은 이상하다는 표정으로 나를 돌아보았다.

"뭐가 안 돼? 너 찔리는 거 있는 거지? 아버지한테 대체 무슨 짓을 한 거야?"

나는 고개를 흔들었다.

"아, 아냐. 진짜 아냐."

형은 못마땅하다는 표정으로 나를 내려보았다. 아빠와 똑 닮은 모습이었다.

"그럼 경찰한테 얘기해."

형은 휴대폰을 꺼내 번호를 누르기 시작했다.

"그, 그만하라고!"

나도 모르게 내 몸이 미사일처럼 발사됐다. 형의 아랫배에 내 머리가 꽂혔다. 형은 갑자기 덤벼든 나를 막지 못하고 방바닥에 뒹굴다가 힘겹게 일어서며 소리쳤다.

"이게 대체 무슨 짓이야?"

나는 왁왁 소리를 질러 댔다.

"언제부터 이 집에 관심이 있었다고 이래? 아빠가 만날 문제만 일으키는 개새끼라고 너 욕하고 다녀!"

형은 처음 보는 내 모습에 당황한 모양이었다.

"너 진짜 이상하다. 뭔가 있지?"

"내가 이상한 건 다 너 때문이야. 너만 없어지면 돼."

형은 자기 팔을 잡아끄는 나를 바닥에 내리누르려고 했다. 나는 형의 다리에 매달려 무너지지 않으려고 애썼다. 우리는 이리저리 밀리면서 벽에 자꾸 부딪혔다. 그 와중에 형이 내 팔을 뒤로 꺾어 돌렸다. 아파서 비명을 지르며 벗어나려고 했지만 역부족이었다.

형은 나를 장롱 쪽으로 밀어붙였다. 장롱 문고리에 옆구리가 찍혀 고통스러웠다. 내가 움직이지 못하는데도, 형은 내 머리를 몇 번이나 장롱에 찧었다. 자꾸만 정신이 아득해지려고 했다. 겨우겨우 정신을 차리려는데, 형이 팔꿈치로 내 목을 찍어 눌렀다. 장롱에 얼굴이 눌려 고통스러웠다.

"말해. 아버지는 어디 계신 거야? 응?"

"아빠가, 아빠가 멈추지 않아서 그래. 그러지 말라고 몇 번이나 소리쳤다고. 어쩔 수 없었어. 죽을 것 같았단 말이야. 돈 필요할 때만 찾아오는 네가 나한테 뭐라고 할 수 있어?"

형은 더욱더 세게 내 목을 짓누르며 말했다.

"그래서 뭐가 어떻게 됐다는 건데? 확실하게 말해. 통장이랑 집문서는 어디 있냐고!"

나는 눈물을 흘리며 낄낄 웃었다. 내 얼굴은 눈물과 콧물로 엉망이었다.

"내가 어떻게 알아? 그건 아빠밖에 모르겠지."

갑자기 형의 팔에서 힘이 빠졌다. 켁켁거리는 나를 옆으로 밀친 형은 떠오른 것이라도 있는지 장롱 문을 발로 뻥 하고 찼다. 장롱 문이 열리면서 어두운 장롱 안이 확 밝아졌다. 마치 내 뱃속이 열어젖혀진 느낌이었다.

"안 돼!"

나는 형의 팔을 허겁지겁 잡아 물었지만, 내 행동은 이미 아무 소용도 없었다.

옷과 이불 들이 가지런히 정리되어 있는 장롱 안에는 여행용 가방 하나가 놓여 있었다. 형은 고개를 갸웃하더니 그 가방을 꺼냈다. 가방이 바닥에 쿵 하고 떨어지며 내 심장도 땅속 깊은 곳으로 하강했다. 뒤통수가 고통스러운 감각으로 뻐근해져 왔다. 가방 지퍼를 손톱만큼 연 형은 손바닥으로 입을 틀어 막았다. 형에게서 가느다란 신음이 흘러나왔다.

가방의 열린 틈 사이로 내 몸을 갈기갈기 찢을 좀비 대장의 손이 꿈틀거렸다. 곧이어 블루스크린이 뜨며 모든 것이 암전되었다.

나는 모든 것을 다시 되돌릴 것이다. 지금, 이 순간.

초기화 진행 중……

방과 후, 텅 빈 교실 구석에 뭔가가 반짝였다. 가까이 가서 보니 고풍스러운 분위기의 원형 손거울이었다. 새봄은 주변에 아무도 없는 것을 확인하고 손거울을 집어 들었다. 거울은 잡자마자 새봄의 손에 달라붙듯이 착 감겨 왔다. 마치 손난로처럼 따뜻한데다 감촉도 부드러운 살결 같았다.

새봄은 한참 동안 이리저리 거울을 살펴봤다. 어디서 많이 본 물건 같아 기억을 더듬어 보니 짝꿍인 세율이 들고 다니던 것이었다. 새봄은 거울 속을 빤히 들여다봤다. 고개를 이쪽저쪽으로 돌리며 눈을 몇 번 깜박거리고 방긋 미소 지었다. 새봄은 따라 웃는 거울 속 자신이 어쩐지 낯설게 느껴졌다.

"따라 해?"

새봄은 머릿속에 떠오른 생각을 입 밖으로 불쑥 내뱉었다. 거울은 사물을 똑같이 비추는 물건일 뿐인데, 따라 한다니? 말이 되지 않았다. 새봄은 자신의 엉뚱한 생각에 피식 웃어 버렸다. 거울 속 새봄도 따라 웃었는데, 그 미소가 참 예뻤다. 어쩐지 거울 속 새봄에게서 빛이 나는 것 같았다. 세율이도 거울 속에서 빛나는 자신을 발견했던 것일까?

세율은 언제나 한 손에 거울을 든 채 아이들에게 둘러싸여 있었다. 주변 아이들은 세율의 말에 박장대소하며 왁자지껄 떠들어 댔다. 귀 기울여 들어 보면 아이돌이나 쇼츠 동영상 등 쓸데없는 이야기뿐이었는데. 심지어 그 아이들은 세율의 짝인 새봄이 한숨을 푹푹 내쉬는 모습은 보이지 않는 것처럼 굴었다. 오늘 아침도 마찬가지였다.

새봄은 오늘이야말로 화낼 생각으로 주먹 쥔 손에 힘을 주었다. 때마침 수업 종이 울리며 아이들이 모두 자기 자리로 돌아갔다. 새봄 앞에는 세율만 남았다.

"어? 왔어?"

세율은 자리에 그대로 앉아 새봄에게 손을 들어 올리며 아는 체했다. 새봄은 그런 세율에게 콧방귀를 뀌며 자리에 털썩 앉아 수업 준비를 했었다.

"오늘도 지각할 뻔했네?"

새봄은 세율의 말에 짜증이 났다. 세율과 추종자들이 꼴보기 싫어서 늦게 등교하는 줄도 모르는 모양이었다. 정말 눈치 없는 애였다.

"표정이 왜 그래? 무슨 일 있어?"

새봄은 대꾸하고 싶지 않아 책에 집중하는 척 고개를 숙였다. 세율은 손바닥으로 턱을 괴고 흘끗 새봄을 바라봤다. 손가락으로 책상을 툭툭 두드리며 깊은 한숨을 내쉬기도 했지만, 새봄은 알지 못했다. 쉬는 시간, 세율이 새봄에게 물었다.

"왜 그렇게 나를 싫어해?"

"뭐? 아, 아냐. 내가 무슨!"

새봄은 당황해서 두 손을 열심히 내저었다.

"거짓말까지 하네?"

세율이 고개를 절레절레 흔들었다. 새봄은 힘없는 목소리로 중얼거렸다.

"거짓말 아니야. 진짜야."

솔직히 짝이 되기 전부터, 새봄은 세율이 신경에 거슬렸다. 같은 교복을 입고 있는데, 어쩐지 태가 남다른 것부터 마음에 들지 않았다. 학교에서 가장 주목 받는 아이라는 사실이 아니꼬왔다. 아니, 솔직해지자. 솔직히 새봄은 세율이 부러웠다. 부러운 만큼 꼴 보기 싫었다. 이 대화 후, 새봄은 세율이 계속 자기를 관찰하는 것 같아서 오늘 하루 종일 신경이 쓰였다.

'잃어버린 물건이니까 내가 가져도 되지 않을까? 훔치는 것도 아니잖아.'

새봄은 이 손거울을 온종일 불편했던 마음의 보상으로 여기기로 했다. 새봄은 손거울을 조심스럽게 주머니에 집어넣었다. 방과 후 교실에는 새봄 말고 아무도 없었다.

손거울을 주운 지 일주일 정도 지났다. 우르르 다가오는 아이들을 보며 새봄은 흐뭇한 미소를 지었다.

"새봄아, 오늘도 예쁘다."

"아침에 얼굴 보려고 계속 기다렸어."

아이들은 새봄에게 말을 걸기 위해 쭈뼛쭈뼛 주변을 기웃댔고, 친해지고 싶다며 선물도 내밀었다. 선생님들도 이전과 달리 관심을 보였다. 칭찬도 많이 받았다. 이에 새봄은 수업 집중도도 올라갔고 공부도 재미있게 느껴졌다. 시험 성적도 좋아졌다. 선생님 말씀이 바로 이해되고, 모르는 것이 없는 듯한 기분이 들었다. 발표할 때도 머릿속 생각이 조리 있게 술술

나와서 스스로 놀랄 정도였다.

“어머, 쟤 왜 저래? 오늘도 완전 지각이잖아.”

옆자리 아이의 말에 뒤돌아봤더니, 세율이 교실에 들어오고 있었다. 빗질도 하지 않고, 교복도 대충 걸쳐 입은 듯 흐트러져 있었다. 얼굴 여기저기에 붉은 뾰루지가 나 있었다.

“어제도 수업 안 듣고 계속 학교 안을 돌아다녔대.”

“복도에서 계속 혼잣말로 중얼거리잖아. 무서워 죽겠어. 완전히 미쳤나 봐.”

아이들의 말을 들으며 새봄은 교복 자켓 주머니 속 거울을 쓰다듬었다.

방과 후에는 담임 선생님과 면담을 했다. 선생님은 면담 내내 새봄이를 칭찬했다.

“새봄아, 요새 정말 잘하고 있어. 네가 애들도 잘 이끌어 줘서 얼마나 편해졌는지 몰라. 반 분위기도 엄청 좋아졌어. 앞으로도 이렇게 잘하자. 알았지?”

면담이 끝나고, 아이들이 모두 사라진 교실로 돌아가자 허리춤에 양 손을 갖다 댄 세율이 새봄을 기다리고 있었다. 새봄이 돌아오기를 단단히 벼르고 있었는지 팔짱을 낀 채 교실 문을 막아섰다.

“너지?”

새봄에게 얼굴을 들이대는 세율의 눈빛은 광기에 사로잡혀 있었다.

"네가 훔쳐 갔지?"

세율은 계속 애원하듯 그러다 울음이라도 터뜨릴 듯 훔쳐 간 물건을 내놓으라고 다그쳤다. 세율의 태도가 갈수록 위협적으로 변했지만, 새봄은 끝까지 모른다면서 고개를 가로젓기만 했다.

"나 장난 아니야. 그 거울 함부로 할 물건 아니니까 내놓으라고!"

세율은 급기야 새봄의 목에 손을 갖다 댔다. 목을 조르는 세율의 손에는 살기가 담겨 있었다.

"사, 살려 줘!"

새봄은 세율의 팔목을 잡으며 소리를 질렀다. 그러면서 책상을 발로 차 넘어뜨리고, 젖 먹던 힘까지 다해 세율을 교실 문 쪽으로 밀었다. 곧 세율이 교실 문에 부딪히며 '쿵!' 소리가 났다. 세율은 중심을 잃고 주춤거렸다. 그사이, 새봄은 교실 문을 열고 교무실로 달려가 쾅 소리가 날 만큼 거세게 문을 열어젖혔다. 교무실에 남아 있던 선생님 서넛 중 담임이 깜짝 놀란 듯 자리에서 일어나며 물었다.

"뭐야? 무슨 일이야?"

새봄은 숨을 헐떡거리며 뒤쫓아오는 세율을 가리켰다.

"저 좀 도와주세요!"

그새 교무실까지 온 세율은 금세 달라붙어 새봄의 교복 주머니들을 뒤졌다. 선생님들이 세율을 막으려 했지만 강한 힘에 뒤로 밀려났다. 그래도 여러 선생님의 손아귀에서 벗어날 수는 없었다. 세율이 새봄의 옷깃을 잡은 손을 놓지 않으려고 매달리는 바람에, 여러 명이 한참 동안 뒤엉켜 바닥을 뒹굴었다. 새봄에게서 세율을 겨우 떼어 낸 선생님들은 온몸이 쥐어뜯기고 머리가 산발이었다. 꼴이 말이 아니었다.

결국 세율은 담임과 상담 선생님에게 붙잡혀 끌려갔다. 그 와중에도 세율은 몸부림을 치며 벗어나려고 애썼다. 새봄에게서 시선을 떼지 않으면서.

세율이 일으킨 사건은 금방 잊혀졌다. 처음에는 세율이 다닌 유치원에서 있었던 사건까지 끄집어내던 아이들은 금세 다른 화제로 넘어갔다. 그래도 세율의 근황은 드문드문 들려왔다. 세율이 집으로 돌아가 학교를 휴학했다거나, 다른 곳으로 전학을 갔다거나, 상담을 받고 정신 병원에 입원했다거나 하는 뜬구름 같은 소문들뿐이었지만 말이다. 출처와 진실 여부는 아무도 관심을 가지지 않았다.

"세율이 짝꿍이었을 때 정말 힘들었겠다. 어떻게 견뎠어?"

아이들이 새봄에게 다가와 위로의 말을 건넸다. 새봄은 고개만 끄덕일 뿐 아무 말도 하지 않았다. 세율의 마지막 모습이 잊히지 않았다. 꿈속까지 쫓아올 정도였다.

세율을 그렇게 만든 게 새봄 자신인 것 같아서 기분이 좋지 않았다. 세율에 관한 생각이 떠오를 때마다 새봄은 주머니 속에 있는 거울을 매만졌다. 그러면 마음이 따뜻해지면서 세율에 대한 기억이 흐려지는 것 같았다.

"어떡해. 진짜 스트레스 받아서 얼굴에 뾰루지 난 것 봐."

"피부가 워낙 좋으니까 이 정도는 금방 없어져. 이거 발라 볼래? 효과 좋아."

새봄은 아이들의 말에 눈을 동그랗게 떴다. 아이들의 말이 이해되지 않았다.

"여기 이거 있잖아."

한 애가 새봄의 얼굴에 손가락을 갖다 대려고 했다. 새봄은 자기도 모르게 그 애의 손을 탁 쳐내 버렸다.

"아, 얼굴에 손대는 게 싫어서. 내가 거울로 직접 볼게."

아이들의 놀라는 얼굴을 뒤로 하고 새봄은 당황하며 밖으로 나갔다. 화장실로 가 손거울에 얼굴을 비춰 봤지만, 뾰루지 같은 건 보이지 않았다. 매끈한 피부에서는 광이 나고 있었다.

새봄은 아이들이 장난치는 거라고 생각하며 다시 교실로 돌아가 앉았다.

“아까는 미안했어. 괜찮아?”

새봄은 아까 손을 쳐낸 아이를 찾아가 사과했다. 그 애는 엄청나게 감동한 얼굴로 괜찮다며 웃었다.

“근데 그거 지금 당장이라도 터질 것 같은데…….”

그러더니 다시 손가락으로 새봄의 이마 한쪽을 가리켰다. 새봄은 눈살을 찌푸렸다.

“도대체 왜 그러니? 좀 적당히 해.”

새봄은 다시 호주머니에서 손거울을 꺼냈다. 거울 속 자신은 여전히 아름다웠다. 그 뒤로 비치는 교실에서도 아이들이 새봄을 사랑스럽다는 눈빛으로 쳐다보고 있었다. 그게 너무 좋아서 새봄은 시간이 가는 줄도 몰랐다.

며칠 후, 쉬는 시간에 한 아이가 자리에 앉아 손거울을 들여다보고 있는 새봄에게 짐짓 심각하게 말했다.

“너 얼굴 트러블 엄청 심해. 피부과에 가 봐.”

새봄은 그 아이의 말을 도통 이해할 수 없었다.

“그게 무슨 말이야? 너도 나 질투하니?”

새봄은 깊은 한숨을 내쉬었다. 기분 나쁜 소리를 하는 아이가 늘어난 탓이었다. 예쁘다는 말도 계속 들으면 지겨운데, 깎

아내리는 말만 해 대니 너무 화가 났다. 새봄은 달아오른 얼굴에 손부채질하며 분을 삭였다. 그리고 손거울을 꺼내 들여다보았다. 거울 속 아름다운 자신을 보고 있으면 한심한 현실 따위는 전혀 신경 쓰이지 않았다.

그렇게 며칠이 지나갔다. 이제는 새봄에게 다가오거나 함께 다니려는 아이들이 없었다. 새봄과 멀찍이 떨어진 자리에서 서로 귓속말할 뿐이었다. 처음에는 조심하며 말하더니, 새봄이 별 반응을 보이지 않자 목소리가 커졌다.

"쟤도 세율이처럼 미친 거 아냐? 맨날 촌스러운 손거울만 들여다보고 있더라."

"씻지도 않고 다니는 거 같지 않아? 머리는 완전히 떡져 가지고."

아이들이 서로의 옆구리를 팔꿈치로 툭툭 치면서 새봄 곁을 슬금슬금 지나쳐 갔다. 하지만 새봄에게는 그런 모습이 보이지 않았다. 아니, 소리가 들리기는 했지만 무슨 뜻인지 해석되지 않았다. 거울 속 새봄은 여전히 예뻤다. 주변 아이들도 새봄에게 웃어 주었다. 거울 속의 교실은 찬란하게 빛나며 기분 좋은 분위기였다. 선생님은 수업 시간에 새봄에게만 질문하고, 잘했다며 칭찬했다. 아이들은 새봄에게 똑똑하고 예쁘다며 추켜세웠다. 새봄은 거울만 보면 기분이 좋아졌다.

손거울을 들여다보며 복도를 걷고 있을 때였다. 담임이 새봄에게 말을 걸었다.

"새봄아, 요새 무슨 일 있니?"

새봄은 질문의 의도를 이해할 수 없었다.

"아무 일도 없는데요? 왜요?"

담임은 잠시 주저하는 듯했지만, 곧 조심스럽게 말을 꺼냈다.

"아니. 스트레스 받고 있는 거 아닌가 싶어서. 요즘 얼굴색도 많이 안 좋고."

새봄은 선생님까지 이런 말을 한다는 사실에 짜증이 났다.

"무슨 말씀이세요? 이제 선생님까지 질투하시는 거예요?"

선생님에게 소리를 지른 뒤 기숙사 방으로 돌아온 새봄은 이불을 둘러쓰고 그 속에서 손거울을 꺼냈다. 거울을 들여다봤더니 지친 몸과 마음이 치유되는 기분이었다.

새봄은 체육 수업에 아프다는 핑계로 텅 빈 교실에 혼자 앉아 있었다. 조용한 교실에서 거울을 들여다보고 있으니 마음이 평온해졌다.

"차라리 거울 속으로 들어가 버리면 좋을 텐데."

새봄은 깜짝 놀랐다. 거울 속의 자신이 말했기 때문이다. 새봄은 내내 입을 다물고 있었다.

"거울 속이 더 좋아."

거울 속의 자신이 다시 말했다. 이번에는 새봄 자신이 말한 것 같기도 했다. 새봄의 생각을 그렇게 잘 아는 사람은 자기 자신밖에 없을 테니까. 새봄은 거울을 손으로 더듬었다. 따뜻한 기운이 온몸으로 퍼져나가며 나른해졌다.

“정말로 거울로 들어가고 싶다. 거긴 보이는 그대로 따뜻하고 웃음이 가득할 것 같아.”

이번엔 진짜 새봄이 말했다. 입 밖으로 꺼내니 정말 거울 속이 더 좋아 보였다.

“이리 올래?”

거울 속의 새봄이 손을 내밀었다. 새봄은 믿을 수 없는 광경에 눈을 몇 번이나 깜박거렸지만, 거울 속의 새봄은 여전히 손을 흔들고 있었다. 새봄은 고민하다 손을 앞으로 뻗었다.

[경고] 오류가 발생했습니다.

갑자기 거울에서 파란 경고등이 번쩍거렸다. 새봄은 무슨 일인지 몰라 당황스러웠다. 그때 세율이 교실 문을 벌컥 열고 나타났다.

조기화 진행 중……

"찾았다!"

새봄은 깜짝 놀라 거울을 떨어뜨렸다. 다급히 다시 거울을 집으려는데, 세율이 새봄을 밀치고 먼저 거울을 잡아챘다.

"야! 너 때문에 내가 캐붕될 뻔했잖아."

새봄은 세율의 말을 알아들을 수 없었다.

"그, 그게 무슨 말이야?"

"캐릭터 붕괴! 장르까지 달라질 뻔했잖아. 로맨스에서 공포로. 진짜 내가 그동안 고생한 것만 생각하면……."

새봄은 세율이 손에 든 거울을 뺏으려고 달려들었지만, 세율은 세봄보다 훨씬 동작이 날랬다.

"이것 때문에 관리자 시험에 떨어지게 생겼다고. 클로즈 베타테스트 상황에 가만히 있어야 할 NPC 때문에 이 무슨 난리람. 최종적으로 남을 NPC도 아니고 그냥 캐삭당할 스케치 모드 캐릭터한테 말이야."

"무슨 헛소리야? 빨리 거울이나 내놔!"

새봄은 세율의 말을 완전히 이해할 수는 없었지만, 거울을 빼앗기면 안 된다는 사실만은 확실했다. 팔을 허우적거리며 세율에게서 거울을 빼앗으려 애썼다. 세율은 필사적인 새봄의 몸부림을 비웃으면서 여전히 알 수 없는 말들을 내뱉었다.

"아무리 설명해 줘도 넌 모르겠지. 연애물인데, 처음부터 주인공을 좋아하지 않고 불만을 가진 것부터가 심각한 오류이기는 했어. 이제 좀 정리해 볼까?”

새봄은 결국 세율에게서 거울을 빼앗았다. 절대로 돌려주지 않을 것처럼 피해 다니던 세율이 일부러 그런 것마냥 거울을 놓쳤기 때문이다. 얼떨결에 거울을 손에 쥐게 된 새봄은 잠시 멍하니 서 있다.

“왜 그래? 그거 갖고 싶은 거 아니었어?”

말하는 내내 키보드라도 두들기듯이 거울을 두들겨 대던 세율은 더 이상 거울에 볼 일이 없다는 듯한 태도였다. 새봄은 세율의 갑작스러운 태도 변화가 미심쩍었다.

“필요 없으면 다시 돌려줄래?”

세율의 말에 새봄은 화들짝 놀랐다. 그럴 순 없었다. 어떤 계략이 있더라도, 어떤 피해를 보더라도, 새봄은 이 손거울을 갖고 싶었다. 그래서 팔을 뒤로 넘겨 거울을 숨겼다. 세율은 곤란하다는 듯 미간을 찌푸렸다.

“거울은 감추는 게 아니야. 들여다보는 거지. 너 거울의 용도가 뭔지도 모르니?”

새봄은 화가 치밀어 올랐다. 이럴 때는 거울을 들여다봐야 한다. 그럼 기분이 좋아질 테니까……. 새봄은 반사적으로 거울을 들여다보았다.

새봄이 마주 보는 순간, 거울 안에서 강렬한 빛줄기가 쏟아져 나왔다.

"앗!"

새봄의 단말마 비명이 터져 나왔다. 빛이 사라지자, 교실에 남아 있는 것은 세율뿐이었다. 새봄의 모습은 어디에서도 찾아볼 수 없었다.

세율은 떨어진 거울을 들었다. 거울 가운데에 지문 인증을 하라는 알림이 떠 있었다. 세율의 지문으로 잠금이 풀리자 조작판이 홀로그램으로 나타났다.

휴지통을 비우시겠습니까?

세율은 '예'를 누르고 교실 밖으로 나갔다. 수업 종소리가 테스트 종료를 알렸다.

작가의 말

접속.

강연을 가면 "무슨 일이든 할 수 있을 때 하라"고 말한다. 나중에 해야겠다고 미루면 다시 못할 확률이 더 높기 때문이다. 한번 지나간 기회는 영영 다시 돌아오지 않을 수도 있다. 올해는 나에게도 새로운 시도와 도전의 기회가 많았다. 잘할 수 있을지도 걱정되고, '너무 무리하는 거 아닌가? 너무 욕심을 부리고 있나?' 고민도 됐지만, 입에서는 연신 "하겠다"는 답이 나왔다.

가끔은 버겁다는 생각이 들었지만, 결과적으로는 모든 일이 무사히 잘 끝났다. 이 책도 그중 하나다. 내게 주어진 기회를 놓치지 않으려 노력한 결과, 다양한 경험을 쌓고 많은 사람을 만날 수 있었다. 무엇보다도 청소년들에게 자신 있게 "도전하자!"라는 말을 할 수 있어 기쁘다. 도전이 실패하더라도 괜찮다. 하나의 경험으로 나에게 쌓여 있을 테니까. 오늘만큼은 스스로를 마음껏 칭찬하자.

로그인.

나는 '변화'라는 말에 부정적인 감정이 먼저 생겨나는 편이다. 변화에 의한 '새로움'보다는 그 변화에 적응해야 하는 '불편함'이 먼저 걱정되기 때문이다. 그래도 변화가 필요하다는 사실을 알고, 그 변화를 적극적으로 받아들이기 위해 노력한다. 정체되어 있으면 고인 물이 될 테니까. 이 책에서도 새롭게 시도한 부분이 많다. 거기에 맞추기 위해 작품 수정도 대대적으로 이뤄졌다. 더운 여름 내내 매달린 작품집이다. 독자들이 이 작품의 세계를 어떻게 받아들일지 아직은 알 수 없지만, 새로운 도전과 변화라는 소중한 기회를 놓치지 않았다는 사실이 만족스럽다.

로그아웃.

가끔은 내가 글을 써서 책을 낸다는 사실이 아직도 꿈만 같다. 그 책들로 강연과 강의를 다니고 있는데도 말이다. 이 모든 게 손에 잡히지 않고 빠져나가는 모래알처럼 느껴지기도 한다. 이 책이 세상에 나오면 다시 한번 내가 작가라는 사실을 실감할 수 있을 것 같다. 하나의 책이 세상이 나오기 전까지 정말 많은 사람의 '고민과 정성, 노력'이 들어간다. 여러 사람의 도움이 없었다면, 이 책은 세상에 나올 수 없었을 것이다.

이 책을 위해 심혈을 기울여준 신은정 편집자님, 애플북스 출판사 관계자분들께 감사한 마음을 전합니다. 소중한 가족과 친구들, 나와 함께 고민하고 내 길을 응원해 주시는 모든 분들께도요. 더불어 언제나 든든하게 위로해 주는 K와 KK에게도 감사 인사를 하고 싶습니다.

내가 마음을 전하는 모든 분들이 없었다면 이 책은 세상의 빛을 볼 수 없었거나, 다른 형태의 글이 되었을 겁니다. 내가 이 자리에서 이렇게 서 있을 수 있는 건 모두 여러분 덕분입니다. 말로 다 표현할 수 없을 정도로 마음 깊이 감사합니다.

2024년 첫눈을 맞으며,

최현주